carirhys
@hotmail.com

Mari Stevens

Hoffai'r Lolfa ddiolch i:
Ffion Davies, Ysgol Plasmawr,
Rhian Lewis, Ysgol Bro Gwaun,
Dafydd Roberts, Ysgol Dyffryn Ogwen
ac Andrea Parry, Ysgol Dyffryn Conwy.
Hefyd, yr holl ddisgyblion o ysgolion Botwnnog, Penweddig, Bro Myrddin,
Dyffryn Conwy, Dyffryn Ogwen a Plasmawr am eu sylwadau gwerthfawr.

Argraffiad cyntaf: 2005
Ⓟ Awdurdod Cymwysterau, Cwricwlwm ac Asesu Cymru, 2005
Golygyddion Pen Dafad: Alun Jones a Mared Roberts

Cynllun a llun clawr: Dafydd Davies

Comisiynwyd y gyfrol gyda chymorth ariannol Awdurdod Cymwysterau,
Cwricwlwm ac Asesu Cymru

ISBN: 0 86243 788 1

Cyhoeddwyd ac argraffwyd yng Nghymru gan:
Y Lolfa Cyf., Talybont, Ceredigion SY24 5AP
ebost ylolfa@ylolfa.com
gwefan www.ylolfa.com
ffôn +44 (0)1970 832 304
ffacs 832 782
isdn 832 813

PWNC: Pwy ydw i?

At: carirhys@hotmail.com
Oddi wrth: saffron@wigwam.co.uk
Pwnc: YML: Pwy wyt ti?

Haia Cari

Wwww, fi'n lyfo lyfo lyfo pethe fel hyn!

Ateb yr holiadur ma yna hala'r atebion mlân at Spynci. Ma fe wedyn *fod* i hala'r peth mlân @ Katz, yna hi @ Tomos ayb, ayb tan 'yn bo ni wedi bod rownd mewn cylch llawn. Tan bod pawb yn un gadwyn o gariad, neu ... wel, *whatever* – ac yn gwbod popeth am ein gilydd. *Gedit*??!

Ti sy' gynta, Cari, felly paid bod yn rhy onest!

Gweld ti fory

Saffi x

At: Ynyr David Williams
<y.d.w@virgin.net>

Oddi wrth: carirhys@hotmail.com

Pwnc: YML: Pwy yw Cari Rhys?

Spync: Fod pasio hwn mlân ato ti. Wast o amser llwyr ond gwell na gwaith cartre.

Ti nawr fod i neud e dy hun yna hala fe mlân at Katz, so gwna iddi wherthin, Spync, ond dim jôcs brwnt, plîîîîîs … oni bai bod 'da ti un newydd – brwnt ofnadw!

Enw Llawn: Cari Rhys. Dim ffys na ffrils, jyst fel fi. *Yeah, right.*

Oed: 13

Hoff Ddilledyn: Fy siaced sgryffi ddu o *Camden Market* (wel, Marchnad Clydach, ond sneb arall yn gwbod 'na.) Retrotastic!

Pryd a Gwedd: Gwallt cinci, lliw melyn naturiol (gyda bach o help gan L'Oreal) mewn bynshis ar dop 'y mhen. Dwi newydd roi *streaks* pinc llachar ynddo fe – ar yr ochre ac un yn y ffrinj. Edrych yn ded ffynci ond dyw Mam a Dad ddim yn gwerthfawrogi hyn. O gwbl. Ffab – dyna'r holl bwynt! Ma 'da fi wyneb wonci – llyged ar sgi-wiff, aelie hyll mawr tew, a brychni haul dros bob man. Corff – bronne rhy fach a choese rhy hir. Ond ma pawb yn paranoid? Nag y'n nhw?

Hoff liw: Du. Yw 'na'n cyfri? A pinc pinc PINC!

Diddordebau: Bysen i'n lico gweud syrffio neu glybio neu deithio, ond sa i mor cŵl â 'na. Dwi jyst yn hoffi cael hwyl gyda fy ffrindie gore ffantastic. A cwmpo mas gyda Spynci – Sori Spynci, ond dyw Mrs Protheroe, Add Gref, DDIM wedi cal bŵb job.

Beth y'ch chi'n hoffi ei astudio yn yr ysgol?: Ocê. Cyffesiad. Dwi tamed bychan bach ish ish ish yn lico mynd i'r … ysgol. *Naaaaaaaaa!* Ofiysli nid oherwydd y gwersi a'r gwaith cartre. Iaics. No wei. Ond pryd arall yn ych bywyd y'ch chi'n gallu treulio 6 awr bob dydd gyda'ch ffrindie gore, yn weindio lan athrawon ac yn ffansïo'r athrawon ciwt i gyd?

Y 'pwnc' dwi'n lico'i 'astudio' fwya yn yr ysgol ar hyn o bryd yw pen-ôl pert Mr George – 'Gorj' – Cymraeg … a'i fysyls caled e … a'i lyged glas dwfn e … o ie, a'r hyn sy 'da fe i ddysgu hefyd. *As if!*

Disgrifiwch eich ffrind gorau'n fras: Peidiwch becso bois, does 'da fi ddim un ffefryn. Chi gyd yn lysh – hyd yn oed Spynci. Disgrifiade:

    Katz 'Seren' Lewis
    Saffron 'pen yn y cymyle' Smith
    Tomos 'Call/Neis ond Diiiiflaaasss' ap Dafydd
    Magi '*Miss World*' Jenkins
    Spynci (dwi'n trio 'ngore i beidio rhegi) 'y Joc(yr)' (aka Ynyr David Williams)

3 gair i ddisgrifio'ch hun: Talentog, cyfoethog … celwyddog.

Beth yw eich moto/hoff ddywediad: Does neb yn cael 'i eni 'da aelie perffaith (Lisa Evangalista). Hynny yw, ma gobeth i ni gyd. Yn cynnwys fi.

Beth fyddai'r 3 pheth byddech chi'n mynd gyda chi i ynys bellennig: Copi o *Cosmo Girl*, ffoto ohonoch chi gyda ...., tampons!

Neu mascara a *eyeliner* a *lipgloss* os o's unrhyw siawns bydd Mr Gorj neu Gaz Tom 'na 'fyd.

Beth yw eich uchelgais: Sgrifennu llyfr poblogedd. Troi'r stori'n ffilm fawr. Cal y prif ran ynddi. Teithio'r byd. O ie, a snogo Mr Gorj Cymraeg (bydd yn bosibl, pan fydda i'n seren yn Hollywood).

Hoff jôc: Be chi'n galw Miss Milly sy ddim yn hoffi Bîff? Miss-Stêc! Hi hi hi.

Cyfrinach: Dwi'n sugno fy mawd yn y gwely. Babi.

Dy dro di nawr Spync!

Hoff jôc? Dy lyf-*life*?

Ta-ra,

C-RHx

At: carirhys@hotmail.com
Oddi wrth: carucari@sgwarnog.com
Pwnc: Cyffes

Annwyl Cari

Fi wedi mofyn neud hyn ers *oesoedd!*

Sa i ishe codi llond twll o ofan arnat ti – ond dwi wir yn GORFFOD gweud 'tho ti.

(Gyda llaw, nes i gal help i sgwennu rhai pishys.)

Ooooo! Ca' dy geg fawr! Jyst gwed wrthi. Reit:

I Cari

O bell dwi'n dechre sylwi
bod fy nghalon yn cyflymu
bob tro dwi'n gweld dy fynshis pinc
a'th wefuse sheini'n gwenu.
A dwi ishe rhoi 'mraich amdanat,
rhoi cusan ar dy frychni,
moyn dal dy law pan ti'n ypset.
Dwi ishe, ond sa i'n gyllu.
Dwi mofyn dod lan atat,
a rhannu popeth 'da ti,
moyn agor 'y nghalon a gofyn ti mas,
Dwi ishe, ond sa i'n mynd i.

(sori bo fe bach yn naff, ond o'n i moyn gweud shwd gyment.)

xx?xx

At: katy@canolfanybryn.org.uk
Oddi wrth: carirhys@hotmail.com
Pwnc: YML: Cyffes

Katz,

Methu creeeeeeeeeeeduuuuuuuu hyn! O MEI GOD. Edrych ar hwn. Darllen e Katz! Be ti'n meddwl? Darllen e!!!! Wyt ti'n gallu credu'r peth? Ma fe'n hollol hollol wallgo.

Nes i ateb ebost oddi wrth Saffron a *Bip-bip* ma hwn yn ymddangos ar y sgrin! Sa i'n gwbod beeeeeeeee i feddwl! Pwy yw e, Katz? Pwy fedre fe fod?

Wyt ti'n meddwl bo fe'n siriys? Wyt ti'n meddwl bod y person ma WIR yn 'y nabod i? Yw e rioed wedi 'NGWELD i? Os yw e, yna yw hi'n bosibl 'i fod e WIR WIR yn fy ffansïo i, fel ma fe'n gweud?

Ti'n meddwl?

Blincin hec. Wedi cal syniad! Ti'n meddwl falle mai Mr Gorjys Porjys yw e? Yn neud pethe'n hysh hysh, rhag ofan geith e 'i ddal? Dychmyga …

Hmmm, na.

Sa i'n meddwl.

BYDD YN SIRIYS CARI!

Yr unig opsiwn arall yn y byd i gyd yn grwn yw Rhys ap seimllyd ap Siencyn … achos *ma* fe wedi bod yn talu itha lot o sylw i fi'n ddiweddar. Wedi bod yn 'y nilyn i rownd fel pŵdl ac yn trio bod yn neis 'da fi:

'Wyt ti ishe help gyda'r hafaliadau mathemateg yna Cari? Ti 'she help i gario dy fag i'r bws? Ti 'she help i anadlu?' NA! DIM BLYDI DIOLCH. BYGYR OFF.

Fe yw e ti'n meddwl?

Na. Fyse fe ddim yn *gallu* sgrifennu rhywbeth mor neis, mor annwyl, mor garedig, mor swîîîît â hyn! Ti'm yn meddwl?

Oooo … Dylwn i stopio mynd mor sili a dw-lali drosto fe. Jôc yw e siŵr o fod. Jôc fawr gas greulon. Spynci yn blentynnaidd fel arfer, neu un o fois yr ysgol yn pryfocio. Pam byse *unrhywun* yn 'y ffansïo i? Pam byse *unrhywun* moyn mynd mas 'da merch mor ansoffistigedig ac anaeddfed, mor blaen a normal Â FI? Caru Cari? Caru? S'neb yn 'Caru' Cari. Ddim hyd yn oed fi fy hunan.

Sori Katz.

A ti hefyd, gobeithio?

Wel dwi'n dy garu di Katz beth bynnag. Ac yn meddwl amdanat ti … Sut wyt ti, bêbs? Sut ma'r driniaeth yn mynd?

Ma *pawb* fan hyn yn meddwl amdanat ti, Katz. Yn gobeithio bo ti'n dechre gwella – yn methu stopio gobeithio. Mae'n rhyfedd dy fod ti wedi gorfod mynd mor bell i gael y driniaeth. Bydden i'n galw mewn i dy weld di bob nos se ti'n agosach i fyn hyn. Gyda'r *goss* i gyd!

Fel y *goss* diweddara! *Goss* am Mags! Ti di clywed?

Yw hi neu Saffi di gweud 'tho ti?

Wwwwweeeeeeeel – ma Miss Mags wedi ffeindio sboner newydd (arall …) – Dylan ('Dylan Deniadol') mae'n debyg. Ma fe *fod* yn lyshys, ac ma fe'n 17, ac yn neud Lefel-A …

Eiddigeddus? Fi?

Oooo, falle ddylen i ateb yr ebost rhamantus 'na NAWR! Jyst rhag ofon?

Hwyl am nawr,

(Neb yn Caru) Cari x

At: carirhys@hotmail.com
Oddi wrth: tomos1990@yahoo.co.uk
Pwnc: Pardwn?

Cari Rhys?

Be ma 'na fod i feddwl – CALL!? Diflas!?

Dyna ti'n meddwl ohona i?

Mi ddangosa i i ti, Cari Rhys!

Tomos ;-)

PWNC: Syniad Spynci

At: katy@canolfanybryn.org.uk
Oddi wrth: carirhys@hotmail.com
Pwnc: **Cronfa Codi Calon Katz**

Katz: Mae'n 100% swyddogol:

Ma 'da ni'r grŵp o ffrindie gore, neisa, calla, caredica, mwya doniol a lyfli a lyshys yn y byd i gyd yn grwn ... Achos heddi ryn ni wedi penderfynu gwneud rhywbeth amêsing o arbennig a lot lot o hwyl – i gyd i ti. Rhywbeth fydd yn gwneud i ti wenu o glust i glust. A t'mo beth yw'r peth gore i gyd? Syniad SPYNCI odd e!

Dychmyga'r sefyllfa:

8.52am: Ystafell Ddosbarth B2

Fi, Spynci, Mags, Saffi yn ishte rownd yn sgwrsio. Mags yn drewi – yn stinco – o ffags (ma hi wedi dechre smoco ar y bws ar y ffor i'r ysgol) a Saffi'n brysio i gopïo gwaith cartre neithiwr Tom. Tom yn taflu pêl rownd yn y coridor gyda'r bois rygbi.

Y wich arferol – 'Dooosbaaaaaaaaaarth 9B!

Cofrestruuuuuuuuu Naaawrr!' wrth i Ms Stileto Steffan fartsio mewn i'r dosbarth mewn sgidie sodle uchel coch a siwt dynn *leopardskin* – a'r bois rygbi'n ei dilyn fel defaid ('da'u tafode nhw mas, fel arfer).

Ma hi'n mynd trw'r gofrestr (Pawb 'Yma Miss' am newid, heblaw amdanat ti, wrth gwrs) ac yn darllen y cyhoeddiade boreol. Dim newyddion mawr: y clwb gwâu a'r clwb gwyddbwyll yn cyfarfod amser cinio (iard yr ysgol yn *geek free zone*); y tîm rygbi wedi colli (eto) neithiwr, o 61-7; ma rhywun wedi peintio llun brwnt ar wal toilets y bechgyn (pawb yn y dosbarth yn troi i edrych ar Spynci. Spynci'n gwenu'n falch. Ma'r llun yn hileriys, ma'n debyg!); ac yn ola, cyhoeddiad bod Stileto'n cal affêr gyda Steroids, Ymarfer Corff … JÔC! *As if* nath hi rili *cyhoeddi* 'na er bod y peth yn berffeth glir i bawb.

Roedd 'da ni tua 10 munud ar ôl cyn i'r gloch ganu. 10 munud o *goss* am Mags a Dyl, colofne probleme *Cosmo Girl* a gêm rygbi nithiwr … Ond yna, dechreuon ni siarad amdanat ti.

Ac ath pawb yn dawel a diflas. Dodd neb yn gwbod be i'w 'weud. Pawb wedi cal digon o groesi bysedd, gweud geirie gwag a gobeitho'r gore. Pawb yn teimlo 'yn bod ni'n hollol anobeithiol. Yna, safodd Spynci ar ei draed. 'Fi wedi cal inyff!' medde fe, yn torri ar y tawelwch. 'Drychwch 'no ni!'

'Spynci?' medde fi'n cochi.

'Drychwch 'no ni!' medde fe'n uwch 'to. 'Byse Katz

yn absoliwtli gyted 'se hi'n gweld ni. Chi'n meddwl bo
hi moyn i ni acto fel hyn! Moyn bod ni'n 'neud dim
byd ond complêno a môno trw'r amser? Mae'n
pathetic!'

'Stedda lawr Spync!' medde Tomos yn tynnu ar gwt
crys Spynci.

'No wei! No wei byse hi!' medde Spynci. 'Ni'n iwsles
bois. Yn iwsles.'

'Spync … be ti'n … '

'Fi'n meddwl dyle ni geto bant o penole ni, a neud
rhywbeth i helpu hi … '

'Fel be Spync? Be allwn *ni* neud?' medde Saffi.

'*I dunno* … ' oedodd am eiliad. 'Ma'n rhaid bod
rhwbeth ni 'llu neud … '

Yna gwenodd – fel pe bai e wedi cael fflach o
ysbrydoliaeth o rhwle. 'Beth am neud rhwbeth, *I
dunno*, *practical* i helpu hi. O leia bysen ni'n teimlo
as if ni'n neud rhwbeth wedyn.' medde fe, a'r gwynt
yn codi'n ffast i'w hwylie. 'Ai! Ai! Be am i ni godi
calon Katz trw godi *loads* o arian i'r *hospital* ma hi
yn!'

'Spynci!?' medden ni gyd mewn syndod.

Cronfa Codi Calon Kats yw enw'r fenter, ac ry'n ni
gyd wedi bod yn trio meddwl am syniade ar gyfer
digwyddiad codi arian mawr a cŵl trw'r dydd.

Ma Spynci 'di rhoi tan 7 heno i ni hala syniade trwy
ebost ato fe, ac mi fydd e wedyn yn hala ei restr fer

o'r syniade gore aton ni gyd (yn cynnwys ti) i ni gal pigo ein ffefryn. We-hei!

Methu aros?

Cari-Rh x

At: carirhys@hotmail.com
Oddi wrth: margaretjenkins@ymans.co.uk
Pwnc: DYL-ema

Annwyl Cari

Dwi mewn deilema, Cari. Wel DYL-ema ddylwn i weud.

Achos ma Dylan Dilishys wedi gofyn i *fi* os licen i fynd i barti yn tŷ rhieni fe wthnos nesa. Onest. Nid parti pyjama a peintio ewinedd a lliwio gwallt, ond parti *go iawn!* Gyda oedolion *go iawn* (wel, ma 17 oed yn cyfri fel oedolion, nag yw e!)

Mae ei rieni e bant ar wylie ar y Costa del Sol am wthnos, a 'dyn nhw ddim yn gwybod DIM am hyn, felly paid ti â gweud 'tho NEB … DIM NEB. ADDO!

'Sa i'n gwbod be i neud, Cari, felly PLÎS helpa fi. Be wnaaaaaaa i?

PAM BOD MYND I'R PARTI YN SYNIAD DA:
Cyfle i wisgo fy ffrog sgleiniog, dynn newydd,
- Miwsig soffistigedig (dim Bryn Fôn na Britney

blincin Spears fel disgos yr ysgol)

- Ma Dyl yn gweud neith e neud cwpwl o coctêls i fi hefyd – dwi'n methu aros i drio *Sex on the Beach* (hi hi hi!)

- Meddylia pa mor eiddigeddus bydd merched Blwyddyn 11 pan welan nhw fi 'na. Ha.

- Bydd Dyl yn cwpla 'da fi fel arall

Ooooo Cari, dwi'n moyn mynd lot ond smo i'n moyn mynd 'fyd. Tamed bach.

Fydda i ddim yn yr ysgol fory, gyda llaw. Dwi'n meddwl dala 'byg 24 awr' (byg o'r enw 'mynd am sbin gyda Dyl i *McDonalds*'.)

Mags

ON: Ddim di cal amser i feddwl am Gronfa Codi Calon Katz, sori, wedi bod yn rhy fishi'n trafod y parti 'da Dyl ar MSN. Ma fe mor hyfryd Cari … oooo dwi'n meddwl bo fi ishe mynd i'r parti.

At: carucari@sgwarnog.com
Oddi wrth: carirhys@hotmail.com
Pwnc: **Pwy wyt ti?**

Annwyl Caru Cari

I ddechrau, sa i'n lico dy alw di'n Caru Cari achos alla i ddim credu dy fod ti'n Caru Cari go iawn. Ond dydw i ddim yn gwbod dy enw iawn di felly bydd rhaid i Caru Cari neud y tro.

Reit te, dwi wedi bod yn trio anwybyddu dy ebost di. Dwi wedi bod yn trio confinso fy hun mai jôc odd e. Ma jôc ydw i. A dwi wedi bod yn gwneud 'y ngore i anghofio'n llwyr am yr holl nonsens plentynnaidd ma.

Ond sa i'n gallu.

Ti'n mynnu sgwosho dy ffordd mewn i 'mhen i. Mae dy eiriau sili yn troi rownd a rownd yn 'y meddwl i. Ac ma pili-palas yn dod i chwyrlïo yn 'y mola bob tro dwi'n meddwl am yr ebost twp, pathetig, hollol neis ac annwyl 'nes ti hala ata i. Ma dy gerdd fach ddwl di'n 'y nilyn i i bob man. Yn gwrthod gadel fi fod.

Heddiw, dwi wedi trio bod yn dyfalu pwy wyt ti. TRW'R DYDD. Ond does dim cliw 'da fi o hyd pwy alle fe fod:

Y Bachgen Crîpi sy wastad yn prynu Pork Scratchings yn Spar

Nath e gynnig Pork Scratching i fi wrth i fi adel y siop.

'No thanks,' medde fi fel rêl snob. A nath e wenu'n
hurt arna i a gweud *'Maybe tomorrow then darlin?'*
yn ei lais bach crîpi. Sa i'n meddwl, *'darlin'*.

Mr George

Annhebygol iawn, dwi'n gwbod. Ond sdim byd yn
bod ar groesi bysedd! (a coese a breichie …)

Nath e ddod lan ato fi a gwyro drosta i a sibrwd
'Seren Aur! Ffantastig fel arfer!' reit yn 'y nghlust i yn
ystod y wers pnawn ma.

Ocê, iawn, nid ar 'y nhraethawd traed brain a *tip-ex* i
odd e'n edrych o gwbl, ond ar waith Tomos ap
Dafydd ap Swot. Ond drosto fi odd e'n plygu! Onest.
Ac odd e'n gwynto'n lysh.

Rhys ap Seimllyd ap Siencyn

Mae e wedi bod mor dros-ben-llestri o neis wrtha i'n
ddiweddar, a heddi 'TO nath e gynnig gneud ffafr i fi
yn y dosbarth mathemateg. Dim byd mawr, jyst
mynd i nôl cwmpawd o'r stordy. 'Diolch Rhys. Byse
'na'n lyfli.' medde fi'n falch bod rhywun, o leia – ifyn
os mai Rhys ap Seimllyd ap Siencyn yw e – yn fy
ffansïo i.

Ond yna …

Awwwwwwwwwtsssssssshhhhhhhhhhhhhhhh!

''Na be ti'n ca'l am 'y ngalw i'n seimllyd, Cari Rhys!'
medde fe, yn stico blaen pigyn y cwmpawd reit
mewn i 'mhen ôl. Pants. Pants. Pants mawr poenus.

Caru Cari

Dwi'n ame wyt ti wedi bodoli o gwbl, a nawr dwi o ddifri. Pam bo ti mor amharod i gyfadde pwy wyt ti, Caru Cari? Be sy 'da ti i golli?

Heblaw …

Cari

At:	**'Ni gyd'**
Oddi wrth:	**Ynyr David Williams**
	<y.d.w@virgin.net>
Pwnc:	**Cronfa Codi Arian Katz**

Dy, dy-ry-dy, dy-dy-dy!

Diolch ffrindie (so ti'n cownto Mags, cos ti ddim wedi boddran trio) am hala syniade ar gyfer digwyddiade Cronfa Codi Calon Katz ata i.

Ces i 7 o syniade (lot o nhw yn rili rili craplyd) – so co fe'r RHESTR FER:

SYNIAD 1: 'IDOL' YR YSGOL

Fel *Pop Idol* ac *X Factor* ar y teli, jyst bod twist *weird* i hwn. A'r twist yw taw dim cystadleueth pop neu disco danso yw'r fersiwn hyn – ond, *wait for it* – cystadleuaeth GWAITH CARTRE!

Bydd panel o 3 athro strict yn syffro pob cystadleuydd/swot/*geek* yn darllen darn o waith mas yn uchel – fel paragraff o draethawd hanes, pishyn o stori neu gerdd neu sym maths (dim syniad fi yw e – peidiwch blêmo fi.) Job yr athrawon fydd dewis y 2 stiwdynt gore i fynd trw i *final* o flân pawb o'r ysgol. (Diolch byth bo fi'n thic!)

SYNIAD 2: OCSIWN ADDUNEDAU

Fel ffair Nadolig neu ocsiwn antîcs *I suppose* – jyst yn lle bod pobol yn prynu pethe *go iawn* fel cadeirie neu gacenne sbynj ma nhw'n prynu 'addunedau' neu ffafre oddi wrth ei gilydd. So ma 'da chi restr o 'addewidion' ar ddechre'r nos, a pawb yn *bido*'n erbyn ei gilydd i brynu nhw! Eniwei, ma'r ffafr yn gallu bod yn rili iwsffwl fel 'addewid i fynd â'r ci am dro ar ran *bla di bla* bob nos am wythnos' neu yn hollol boncyrs fel 'fi'n addo neud 'y ngwaith cartre bob dydd'. Hei – falle 'na i 'addo' neud 'na. Bydde ni'n *loaded!* Fi'n siŵr allen ni gyd feddwl am gwpwl o 'addewidion' yr un – a gall Katz jyst addo cario mlan i drio gwella. :-)

SYNIAD 3: SIOE FFASIWN GWYRDD

Na – dim sioe ddillad lliw snot ond sioe ffasiwn lle ma'r models yn gwisgo dillad sy wedi cael eu riseiclo.

So ma hyn yn meddwl dillad sy wedi ca'l eu gwisgo o'r blân (sy'n disgysting a *gross if you ask me* – be os yw Rhys ap Seimllyd ap Siencyn yn rhoi ei *bants* i ni! 'Sa i'n folyntiro bod yn fodel. No wei!) neu stwff sy wedi cal eu gwneud mas o bishys o hen rybish, fel bags plastic, cans Coke neu magasîns – ond ma hen bapur toilet yn *banned*.

Yr un peth gwd am y syniad hyn yw bod Cari Rhys yn bownd o sythrio'n fflat ar y *catwalk* os bydd hi'n fodel, a bydde hynna'n laff i bawb.

Be chi'n meddwl bois? Fôts yn yr (e)bost plîs!

Spync

O.N. Cari Rhys wedi addo cysylltu 'da Samantha Jones i holi yw hi'n folon helpu.

PWNC: Penderfyniade Anodd

At: samanthajones@asiantny.com
Oddi wrth: carirhys@hotmail.com
Pwnc: Gwahoddiad

Annwyl Miss Samantha Jones

Sori os 'yn ni'n torri ar draws rhywbeth pwysig. Dwi'n deall (wel, wedi darllen ar y we …) eich bod chi'n brysur iawn ar hyn o bryd yn perfformio yn y West End ac yn actio mewn ffilm fydd yn enwog ofnadw ac yn mynd i bob math o *premieres* posh … Ond tybed allwch chi plîs ddarllen ein neges ni?

Chi'n gweld, mae un o'n ffrindie gore ni yn wirioneddol sâl ar hyn o bryd. Mae hi wedi bod bant mewn ysbyty ers misoedd ar fisoedd. Mae hi wedi bod yn cael triniaeth ddifrifol iawn ac yn ymladd yn galed. Mae hi wedi bod mor ddewr ac ry'n ni fel grŵp wedi penderfynu ein bod ni moyn gwneud rhywbeth, unrhywbeth, i drio'i helpu. Rhywbeth i godi calon Katz. Achos ma hi'n arwres i ni gyd, Miss Jones – yn union fel chi!

Tybed felly, a dwi'n gwbod mod i'n gofyn lot fawr,

ond tybed, tybed a fyddech chi'n barod i roi tamed bach pitw o'ch amser i'n helpu?

Ry'n ni'n meddwl trefnu digwyddiad mawr yn yr ysgol i godi arian i ysbyty Katz. Ry'n ni wedi bod yn meddwl am lwyth o syniade am ddigwyddiad glamyrys i godi arian iddi, ond ry'n ni hefyd angen rhywun pert a secsi a thalentog – fel chi – i arwain y digwyddiad. Ma Katz yn ffan enfawr o'ch ffilmie chi. Ma 'da hi ffoto ohonoch chi ar glawr ei llyfr Maths a poster ohonoch chi ar wal ei hystafell yn yr ysbyty!

Yn anffodus does dim arian gyda ni i'w gynnig i chi, dim hyd yn oed ar gyfer talu cost tocyn trên neu dacsi neu limo i roi lifft i chi i'r ysgol. Ond ni'n addo (cris-croes tân poeth!) gwylio pob ffilm a rhaglen deledu byddwch chi'n actio ynddyn nhw, os dewch chi aton ni. A bydd cael chi yno'n golygu y byd i gyd i Katz hefyd.

Yn eiddoch yn gywir ('sa i'n gwbod os ydw i fod gweud 'na mewn ebost!)

Miss Cari Rhys

At: margaretjenkins@ymans.co.uk
Oddi wrth: carirhys@hotmail.com
Pwnc: DYL-anwad Drwg

Miss Mags Ffags

RHESYMAU PAM BOD MYND I'R PARTI YN SYNIAD GWAEL IAWN, IAWN x 1,000,000,000,000

Wyt ti off dy ben? Pam ddiawl wyt ti ishe mynd i'r parti ma?

Ma Dyl yn DDYL-anwad drwg iawn arno ti, Margaret Jenkins. Smoco nawr – be nesa? Class-A Drygs?

FY RHESYMAU CALL I:

1. Fydd Saffi a fi ddim 'na i ddal dy law di ac i edrych ar dy ôl di pan fydd merched mêc-yp-dros-y-top Blwyddyn 11 yn sibrwd yn gas amdanat ti ymysg ei gilydd.

2. Bydd pawb yn feddw garlibwns gachu ac ma rhywun yn bownd o sbiwo ar y sicwins a sbwylo dy noson di

3. Beth os yw Dyl yn moyn neud mwy na jyst rhoi coctêl *Sex on the Beach* i ti? Ma 'da fi un tip : PAID. Na, nid paid byth, no-wei, nefyr, aros yn bur ac yn boring. Ond paid neud dim byd ti ddim ishe neud chwaith. So fe'n deg 'i fod e'n rhoi pwyse fel 'na arnat ti. DYL-anwad drwg. Twel. Wedes i …

4. Dy fam. Eith hi'n bananas. O'i cho. Croen ei thin ar ei thalcen – fel pan glywodd hi wynt ffags ar dy

25

anadl di. Jyst can-gwaith gwath. Byddi di ddim yn cal
mynd mas tan bo ti'n 84!

A fi ddim yn gweud hyn achos bo fi'n genfigennus.
OK?

Cari

ON: Be sy'n bod ar Britney?

At:	**'Ni gyd'**
Oddi wrth:	**katy@canolfanybryn.org.uk**
Pwnc:	**Stopiwch!**

Annwyl bawb

Dwi ddim wedi bod yn ddigon iach i iste lan yn 'y
ngwely er mwyn sgwennu ebost atoch chi ers amser
hir nawr. Ond mi wnes i ofyn a gofyn iddyn nhw adel
i fi sgwennu hwn atoch chi heno.

Peidiwch â bod yn grac 'da fi.

Dwi'n gwbod eich bod chi'n trio bod yn neis. Dwi'n
gwbod eich bod chi wir yn trio helpu. Dwi'n gwbod
bod hyn yn anodd iawn i chi, a'ch bod chi'n teimlo'n
'Rhwystredig' – wel 'na be ma Dad yn gweud trw'r
amser.

Dwi mor ddiolchgar i chi am fod mor garedig ac am
feddwl amdana i fel hyn. Diolch. Diolch. Diolch. Ond
wnewch chi anghofio'r busnes Cronfa Codi Calon
Katz ma? Dwi ddim yn jocan. Dwi ddim ishe i chi

gario mlân gyda'r trefniade ar gyfer y noson.

I ddechre, dwi ddim ishe i chi wastraffu amser yn becso amdana i. Ma pethe gwell 'da chi neud, dwi'n siŵr. Fel mynd mas 'da bechgyn (whit-wiw Mags) neu chware rygbi neu hyd yn oed cwrso Mr Gorj neu Gaz Tom. Diwedd mawr, byse'n well 'da fi fod yn y tŷ yn neud gwaith cartre na bod yn sownd fan hyn, fel hyn!

Hefyd, 'sa i'n lico'r holl sylw. Dwi ddim moyn meddwl bod pawb yn yr ysgol yn teimlo trueni drosta i. A dwi'n sicr ddim moyn pawb yn syllu arna i ac yn sibrwd amdana i pan fydda i'n dod nôl i'r ysgol flwyddyn nesa.

Achos mi fydda i nôl. Mi fydda i nôl cyn i chi droi rownd.

Peidiwch colli gobaith yn'o i, bois. Dydw i ddim yn despryt. Bydd popeth yn iawn – ma'n rhaid i chi, o bawb, gredu 'na.

Ma'n rhaid i chi!

Dwi wedi cael newyddion drwg. Ma'r doctoried wedi gweud bod yn rhaid i fi gael mwy o driniaeth a dwi wir wir wir ddim moyn tro ma, achos ma'r drinieth *mor* uffernol o boenus.

Ma nhw hefyd wedi gweud 'i bod hi'n debygol iawn y bydda i'n colli 'ngwallt tro ma 'fyd.

Gyted. Gyted. Gyted.

Ar ôl yr holl siampŵs crand drud 'na dwi wedi rhoi ynddo fe! Ar ôl yr holl stwff stici a *serums* a lliw. Ar ôl treulio misoedd ar fisoedd ar fisoedd yn trio cael y cwrls a'r cincs yn syth! A beth wna i gyda fy nghyrls? Help! (Chwel! Sdim ishe i chi godi 'nghalon i o gwbl, achos dwi'n dal yn gallu gweud jôcs.)

Na, onest, sa i ishe hyn. Sa i ishe bod fan hyn, a bydde'n well 'da fi tase chi ddim yn neud ffys am y peth. Ddim yn neud i fi deimlo fel *freak show*.

Hwyl nawr

Katz

At: carirhys@hotmail.com
Oddi wrth: saffron@wigwam.co.uk
Pwnc: Gwasanaeth y Ditectif Saff

Hei C

Ti'n ocê bêbs?

Ebost *depressing* wrth Katz heno, ondife? Ond paid becs, ma 'da Spynci *plan of action*! Spynci tw ddy resciw!

Ac ma 'da fi rhywbeth neith i ti deimlo'n well 'fyd. Fi'n meddwl bo fi, Ditectif Saff, wedi manejo i ffindo mas pwy yw Mr Caru Cari lyfi-dyfi … Fi'n meddwl, na fi'n GWBOD, mai dy edmygwr/ebostiwr cudd yw:

GAZ TOM

Wooooow Cari! Plis paid â ca'l *heart attack*. Nid jôc

yw e. ONEST! Ma Gareth Thomas, Capten Tîm Rygbi Blwyddyn 9 sef Mr Hync yn dy ffansïo di. Fi'n hollol siriys – ac ma 'da fi prŵff. Cos, ti'n gweld, fel unrhyw dditectif deche, fi wedi bod yn cadw nodiade:

Nes i sylwi ar rywbeth od yn y gwasanaeth ddechre'r wthnos. Roedd Gaz yn sefyll cwpwl o resi o'n blân ni, a trw gydol yr holl emyn odd e'n troi rownd i ddishgwl dros ei ysgwydd – aton ni! Roedd e'n gwenu ac am ryw reswm odd e'n wincio'n rhyfedd, fel 'se twitsh 'da fe. A fi'n siŵr, fi'n siŵr, siŵŵŵŵŵr Cari, ei fod e'n wincio ATAT TI!!!

Yna, amser cinio ddoe 'nes i bopo mewn i'r stafell gyfrifiaduron i hala ebost at Katz, ac roedd Gaz 'na 'fyd. Eisteddes i'n itha agos ato fe, ac roedd e'n actio'n od iawn, fel pe bai e'n sgwennu rhywbeth cyfrinachol o *top secret* a phwysig. Nes i stretsio 'ngwddw i drio gweld y sgrin. Pwyso nôl yn 'y nghader (o'n i bron a cholli balans a chwmpo ar y llawr *actually*!) a sbecian dros 'i ysgwydd e. Ac fe welodd e'n adlewyrchiad i ar y monitor – a switsho'r peiriant i ffwrdd. Yn syth.

Ond aha! Roedd e'n rhy hwyr! Roedd Ditectif Saff wedi cal cyfle i ddarllen y pennawd ar yr ebost roedd e'n 'i sgrifennu:

Yn y bocs 'Oddi Wrth' odd e wedi sgrifennu – 'Oddi wrth : Ca … '

Nid 'Gaz' ond wrth 'Ca … ' – 'Ca … RU CARI!'

A nawr, fi wedi cal prŵff 'to.

Newydd gal tecst:

'saff. ffafr? t + ffrindie moyn dod i gfnogi tim rygbi n fory? moyn cheerleaders. angen ch help!'

Mmmm dyna wiyrd. Ma Capten y tîm rygbi yn moyn i fi a fy 'ffrindie' (hynny yw TI) i fynd i'w gwylio nhw'n chware nos fory! Ma fe'n gofyn i fi, fel bo fi'n gofyn i ti. Gedit? Fel bo ti'n mynd i'r gêm ac yno i'w edmygu e'n bod yn wrol ac yn ddewr ac yn sgorio cais.

Ond fi'n gwbod y sgôr go iawn. Buddugoliaeth i Cari Rhys! Yipi-dŵ.

Saffi

At: **carirhys@hotmail.com**
Oddi wrth: **tomos1990@yahoo.co.uk**
Pwnc: **Tyff**

Cari

Alli di hala hwn mlân at Katz, ar ôl ychwanegu dy neges di ar y gwaelod.

Ma pawb 'di sgrifennu rhesyme sy'n esbonio pam:
- ein bo ni wir moyn treulio amser yn trefnu digwyddiad i'w helpu hi
- smo ni, na neb arall yn meddwl bod Katz yn *'charity case'*.

Ni ddim jyst yn neud e i ti, Katz. Paid â bod *moooooor* hunanol! Ma hyn i'r Ganolfan 'fyd OK! A fi rili, rili, rili angen cal marcie bonys wrth yr athrawon trw neud rhwbeth neis fel hyn … Helpa di *fi* am chenj!!!

Cariad, Saffi

Ydyn Katz, ryn ni *yn* becso amdanot ti, achos rwyt ti'n mynd trw uffern ar y foment, ond yffach, dy'n ni ddim ond yn gneud hyn achos 'yn bod ni'n teimlo treni a phiti drostot ti. WRTH GWRS 'yn bo ni'n gwbod bo ti'n mynd i wella. Ac felly ry'n ni'n neud hyn i ddiolch i'r Ganolfan am roi ein ffrind gore ni nôl i ni eto.

Tomos

Katz, dwi hyd yn oed yn barod i beidio bod gyda Dyl withe i neud hyn, sy'n meddwl 'mod i wir wir wir yn moyn neud e. Yn edrych mlân. Gewn ni sbort – gwell na gwaith cartre gwyddonieth diflas.

xx Mags

Wyt ti efyr, efyr, wedi gweld fi yn gneud rhwbeth i helpu rhywun arall? NA. A dyma'r unig syniad da fi wedi cal! Efyr.

Spynci

Get ofyr it, Katz. Ma'n rhy hwyr nawr ta be. Dwi wedi gwahodd rhywun pwysig pwysig pwysig i ddod. Sdim dewis 'da ti.

Sori lyf!
Cari

Cariwch mlân 'da'r syniad.

Dwi wedi bod yn meddwl am y peth ers sbel, a byse hi *yn* neis gallu gweud diolch yn fawr iawn wrth y nyrsys a'r doctoried sy wedi bod mor dda 'da fi dros y misoedd diwetha.

Ac mae hi'n annwyl iawn eich bod chi gyd yn meddwl amdana i ac yn barod i weithio mor galed drosta i.

O nawr mlân dwi'n mynd i drio meddwl am y project fel rhan o 'nhriniaeth i. Yn mynd i drio ca'l cryfder mas o hyn i gyd. Felly, os yw 'na'n iawn 'da chi, fi ishe i'r holl beth fod yn hapus ac yn hwyl i bawb – yn ddathliad o'r ffaith 'mod i'n cal triniaeth ac *yn* gwella, heb ganolbwyntio dim ar y salwch na'r poen.

Dwi wedi bod yn meddwl am y syniade 'fyd. Ma'r tri yn grêt. Ffab. 'Idol yr Ysgol' – hmmm, 'sa i'n meddwl bod 'Traethawd Hanes Tomos ap Dafydd' yn mynd i gyrraedd rhif un yn y siartie rhywsut!

Felly licen i bleidleisio dros fy ffefryn: Yr Ocsiwn Addunedau

A'r adduned gynta: dwi'n mynd i drio gwella digon er mwyn ca'l dod i'r digwyddiad! Addo. Cris-croes.

Katz

At: carirhys@hotmail.com

Oddi wrth: Ynyr David Williams
<y.d.w@virgin.net>
y.d.w.@virgin.net

Pwnc: Iypi!!

Iypidŵ. Ffantastic. Briliant. *Class.*

Tyff i bob pleidlais arall – Ocsiwn Addunedau sy wedi ennill.

A syniad fi odd hwnna 'fyd. Fi'n gwbod e! Fi rili yn jiniys.

Spynci

PWNC: CRINJ

At: carirhys@hotmail.com
Oddi wrth: margaretjenkins@ymans.co.uk
Pwnc: DYL-yfu gên

Cari Rhys

Rwyt ti'n gallu bod moooooooooooor sgwâr.

Dwi newydd hala dy ebost mlân at Dyl ac ma fe'n gweud, dim ots be *ti'n* gweud, bo ti *yn* genfigennus. Mae e'n gweud bo ti'n bod yn 'parti pŵper' a 'ddim yn ffrind da', achos ti'n becso am ti dy hunan, a ddim yn meddwl am les a hapusrwydd dy ffrind gore hapus.

Mae *e'n* gweud na fydde fe byth byth bythoedd yn rhoi pwyse arno fi i neud dim byd fi ddim ishe neud. Mae *e'n* gweud ei bod hi'n 'fraint' bo merch 'yn oedran i yn cal gwahoddiad i barti fel hyn. Ei bod hi'n 'anrhydedd' bod pobol 17 oed yn meddwl bo fi'n ddigon 'diddorol' ac 'aeddfed' i ddod i barti gyda nhw. Mae *e'n* gweud bydd y parti'n gyfle i fi ddysgu sut ma oedolion yn gwisgo, yn dawnsio, yn bihafio. Bydd, bydd pobol *yn* yfed, ond dim ond merched 15

a 16 oed sy'n meddwi'n *sili*, yn ôl Dyl. Ma pobol ifanc 17 oed yn gallu dal eu cwrw. A'u cyffurie 'fyd. Ma fe'n gweud y bydd hwn yn gyfle gwych i fi neud pethe sneb arall yn y criw erioed wedi'u trio 'to. A dyna pam bo *ti'n* genfigennus. Ti jyst moyn dod dy hunan.

A gyda llaw, Cari Rhys, o'n i'n holi am dy gyngor di am y parti 'na'i gyd. Pa hawl odd 'da ti i weud bo Dylan yn DDYL-anwad drwg arna i? Ma 'na'n gas. Smo ti hyd yn oed wedi siarad â fe 'to.

So cadwa di dy geg ar gau.

Margaret

O.N. Wedi clywed bo ti a Saffi'n mynd i weld bois Blwyddyn 9 yn chware rygbi nos yfory. Wel dwi'n mynd i weld bois Blwyddyn 13 yn chware pêl-droed.

At: **katy@canolfanybryn.org.uk**
Oddi wrth: **carirhys@hotmail.com**
Pwnc: **Gwbod y Sgôr**

Annwyl Katz

Nei di ddim credu hyn: heno ath Saffi a fi i wotshio gêm o RYGBI!

Odd hi'n gêm crap crap crap. Yn druenus o offwl o ofnadw! Yn embarysing!

A 'sa i'n siarad am y rygbi! Achos *who knows* be ddigwyddodd ar y cae. Duw a wŷr be oedd y sgôr ar ddiwedd y gêm. Ond mae un peth yn sicr – fi sy wedi colli. Dwi wedi colli wyneb. Wedi colli parch pawb yn yr holl ysgol. Dwi wedi colli'n rhacs jibidêrs!

A bai Saffi yw e i *gyd*.

Rai dyddie'n ôl mi gafodd Saffi chwilen (wel tarantiwla) yn 'i phen: am ryw reswm rodd hi'n siŵr mai Gaz Tom – ie, Gaz Tom CAPTEN Y TÎM RYGBI – yw Caru Cari. Roedd hi'n meddwl bod Gaz Tom *actually*, rili, onest-tw-god, yn fy ffansïo i!!! Dwi'n gwbod, dwi'n gwbod, DWI'N GWBOD bod y peth yn hollol wallgo, yn nyts, a bod dim siawns yn y byd i gyd yn grwn bod hyn yn bosib. Ond rywsut, rywsut, RYWSUT nath Saffi lwyddo i'n argyhoeddi i bod ganddi brawf cadarn a thystiolaeth hollol positif ei bod hi'n gweud y gwir ac, wel, ro'n i'n ddigon twp i'w chredu hi. Ro'n i *ishe'i* chredu hi.

Dechre'r stori –

Roedd Gaz wedi anfon neges tecst at Saffi yn gofyn iddi hi, a'i ffrindie (= fi) i fynd i gefnogi'r tîm rygbi yn eu gêm fawr heno. Yn ei neges defnyddiodd Gaz y gair *cheerleaders* … ac roedd Saffi yn hollol sicr ei fod e'n meddwl 'na'n llythrennol. Hynny yw, bo fe moyn i Saffi a fi sefyll wrth ymyl y cae rygbi yn neidio ac yn dawnsio ac yn fflasho'n nicyrs ar y tîm fel *cheerleaders* mewn gêm o *American Football*.

Hiwj mistêc. HIIIIIAAAAAAAWWWWWJ.

Roedd Saff wedi bod yn trio dwyn perswâd arna i trw'r dydd:

'Mae e moyn i ni fod yn *cheerleaders* go iawn … '

'Paid â bod yn wirion Saffi! Ni yng Nghymru. Mae hi'n ganol gaea!'

''Sa i'n bod yn wirion! Yn America y *cheerleaders* yw merched perta a mwya poblogaidd yr holl ysgol. Aaaaaaac ma criw deche o *cheerleaders* yn gallu neud gwahaniaeth masif i'r tîm – yn gallu annog bechgyn i ennill.' Nodiodd. 'A ti'n *gwbod* bod angen *loads* o help ar dîm rygbi Blwyddyn 9 – s'mo nhw 'di ennill gêm ers ejes!'

'Wel 'sa i'n … '

'A bydd Gaz yn meddwl bo ni *mor* soffistigedig – fel y merched blond pert mewn fideos ar *MTV* … '
Roedd hi mor frwdfrydig, yn hollol hyderus, ac ar ôl gwers gyfan o ymbil a dadle a begian mi wnes i gytuno. Mi wnes i gytuno bod yn *cheerleader* i dîm rygbi Blwyddyn 9.

Ac felly, yn syth ar ôl ysgol, ath y ddwy ohonon ni adre i dŷ Saffi i newid i'n gwisgoedd. Gwasges fy mhen ôl mawr mewn i hen sgert bêl-rwyd felen odd gan Saffi a chlymu 'nghrys ysgol yn uchel o dan fy mŵbs – er mwyn dangos tamed bach o fola. Secsi? Tynnais fy *trainers* ymarfer corff drewllyd o'r bag. Crimpo 'ngwallt, rhoi lipgloss ar 'y ngwefus a mascara ar 'yn amranne ac estyn am ddwy pom-pom o'r cwpwrdd. Edrychais yn y drych, o 'nghorrun pinc i'n sawdl glas. Ro'n i'n edrych fel clown.

'Ti'n edrych yn blydi ffantastig, Cari. Bydd pawb yn

dishgwl arno *ti* – nid ar y bêl!'

Tŵ *right*. Roedd Saffi'n llygad ei lle.

Ar ôl palafa'r paratoi roedd Saff a fi'n hwyr yn cyrraedd y gêm.

Roedd y reffarî wedi canu'r chwiban yn barod, maswr y gleision wedi cymryd y gic gynta, Spynci wedi gafael yn y bêl, wedi'i phasio hi'n ddel i Gaz – a fe wedi'i chlirio hi'n ddiogel dros y lein.

Wrth i fi a Saff gyrraedd roedd y bachwr ar fin taflu'r bêl nôl mewn i'r lein, ac roedd dwy linell o fechgyn tal a mysli yn aros yn eiddgar i neidio amdani.

Camodd Saffi a fi oddi wrth fwg a llygaid hen ddynion y clwb rygbi – ar y cae.

Lluchiodd y bachwr y bêl i'r awyr.

Ond nath y bechgyn ddim neidio amdani.

Roedd traed pawb yn sownd i'r ddaear.

Hedfanodd y bêl reit dros 'u penne nhw, a mewn i'r mwd.

Ond symudodd neb run fodfedd.

Achos roedd llygaid bob un o'r bechgyn yn hollol styc 'fyd. Ar Saffi a fi!

Edrychais o 'nghwmpas – a gweld rhes o ddisgyblion a rhieni ac athrawon yn sefyll o gwmpas y cae – rhieni Tomos, Mr Gorj Cymraeg, merched Blwyddyn 11, Spynci …

'*Oooooo! Shhhiiiiit!*' sibrydodd Saffi. 'Ma'n rhaid bod Gaz wedi hala'r tecst na at bob grŵp o ffrindie yn yr ysgol. Fi mor sori.'

Rhy blydi hwyr Saffron. Rhy blydi blincin hwyr.

Erbyn hyn roedd pawb yn y dorf yn pwyntio ac yn sibrwd ac yn chwerthin ar ein dillad amryliw, a'n mêc-yp a'n pom-poms llachar.

'*I like your pom-poms!*' medde un o fois y tîm arall yn *sarcastig*.

Cochais. Do'n i ddim yn gwybod be i'w ddweud na be i'w wneud nesa. Ro'n i wedi rhewi. Yn gorn. Yn y fan a'r lle. Ddim yn gallu symud modfedd. Roedd 'y mochau i'n llosgi a 'nghoese i'n crynu. Roedd pawb yn yr ysgol yn rhythu arnon ni! Roedd Gaz yn rhythu arna i!

Poerodd ar y glaswellt.

'*I knew this team was a joke!*' Heriodd capten y tîm arall.

'Beth? Beth wedest ti?' medde Gaz, yn edrych yn grac arna i. 'Nhw yw'r jôc. Nid ni!' meddai'n ddig, yn cyfeirio atom ni'n dwy! 'Nhw yw'r unig jôc rownd fan hyn!'

'*You're all crazy! One big joke!*' chwarddodd.

Roedd Gaz yn gandryll nawr. Taflodd ei ddwrn i berfedd bol y capten. Plygodd hwnnw i'w liniau yn y baw. Ciciodd Gaz e'n galed …

Yna, dechreuodd y bechgyn eraill wylltio 'fyd, wrth i ddyrne ddechre hedfan. Crafu! Cicio! Brathu! A'r crysau gwyrdd a glas yn ymaflyd yn 'i gilydd, yn un sgarmes fawr, yn y baw.

Ac wrth i'r gêm droi'n frwnt, gafaelodd Saffi yn 'y mraich i ... a rhedodd y ddwy 'no ni bant i'r toilets.

'Sa i'n gwbod be odd y sgôr terfynol ... Ond dwi'n gwbod 'mod i 'di colli. Dwi wedi colli hyder. Colli wyneb. Colli ffrindie. Dwi'n *loser*, Katz.

Cari

At:	**'Ni gyd'**
Oddi wrth:	**Ynyr David Williams**
	<y.d.w@virgin.net>
Pwnc:	**Datblygiade**

Ma Doc Davies, Prifathrawes lyfli, caredig, biwtiffwl (ahem!) ni wedi gweud bo ni'n ca'l cynnal yr Ocsiwn yn neuadd yr ysgol!

Odd hi'n meddwl 'mod i'n cymryd y *piss* pan egsblênes i beth ro'n i'n trio neud, ond wedyn ath hi'n mega ecseited, bron pisho'n 'i phants, pan wedes i mai'n syniad fi odd e:

'Dwi wedi cael siom ar yr ochr orau ynoch chi'n ddiweddar, Ynyr.' medde hi mewn llais rili cawslyd.

Eniwei, nath hyn conffiwso fi. *Like* – sut rych chi

gyllu cal siom ar yr ochr ore? Pa ochr yw ochr ore rhywun – ochr dde neu chwith nhw, top neu gwaelod? A pam bo hi'n *all smiles* os yw hi 'di cael siom ynddo fi? Sa i'n geto fe!

Bydd yr Ocswin mla'n 3 wythnos i heno a fi wedi neud 'addewid' fi'n barod – fi'n mynd i roi siawns i bobol brynu fy sgilie twisto athrawon rownd 'y mys bach a threfnu digwyddiade fi! Cos fi wedi llwyddo i confinso rhai o'n athrawon ni i gymryd rhan yn y noson yn barod 'fyd:

Mr George: ma fe'n mynd i 'addo' neud prawf sillafu ar ran un o ni (fi'n iwso *savings* fi i gyd i dalu am fe!)

Stileto: wedi 'addo' rhoi mis 'dim-gwisg-ysgol ond dillad-dy-hun' i un o'r dosbarth (Mags – ma hwn i ti!)

A Saffron Smith a Cari Rhys: ma *nhw* wedi 'addo' gwerthu eu syrfisis fel *cheerleaders* eto – jyst i *boxing club* y dre tro ma!

Jôc! *Class act* heddi yn y rygbi! Hileriys.

Spynci

At: carirhys@hotmail.com
Oddi wrth: saffron@wigwam.co.uk
Pwnc: Sori

Sori Cari. Sori sori sori sori. Wedi rhoi'r cart *well and truly* o flân y ceffyl. 2+2= SAFFI YN HOLLOL EMBARYSING CRINJ CRINJ O ANGHYWIR.

'Na 'i brynu McDonalds i ti i neud lan, er mwyn gweud sori yn iawn wrthot ti bêbs – yn y dre dydd Sadwrn? Fi ishe prynu stwff i wneud posteri ar gyfer yr Ocsiwn Addunedau hefyd.

Cym on, madde i fi. Dere 'da fi …

Cym on, Caz.

Saffi

At: carirhys@hotmail.com
Oddi wrth: tomos1990@yahoo.co.uk
Pwnc: Gwbod beth yw'r Sgôr

Shwd wyt ti nawr de, Cari Rhys?

Meddwl y byset ti'n lico gwbod: 'YN BO NI WEDI ENNILL Y GÊM!

Am y tro cynta mewn tymor cyfan.

Ar ôl rhegi a phoeri, cico a chleisho am ryw 5 munud arall ar ôl i chi neud rynyr, llwyddodd y reff i

ail-ddechre'r chware. Roedd y bois ar dân – pawb lot mwy ymosodol a chystadleuol nag arfer.

Enillon ni o 23 i 19, a fi sgorodd y cais tyngedfennol! Yn y funud ola!

A nawr, yn grôs i bob dishgwl, ry'n ni trwodd i'r rownd nesa.

Diolch i Saffi a ti.

Diolch 'to,

Tom

At:	**carirhys@hotmail.com**
Oddi wrth:	**carucari@sgwarnog.com**
Pwnc:	**CARU CARI**

C.A.R.I. C.A.R.U.

C   *Cheerleader* – ti sy'n codi 'nghalon gyda'th fynshis pinc

A   A'th pom-poms lliwgar.

R   Rwyt ti wastad yn brydferth

I   I fi.

C   *Cheerleader* – rwyt ti'n dawnsio

A   Ar liman 'y meddwl, ond

R   Rwy' i jyst yn

U   Un o'r tîm i ti.

CCx

At: saffron@wigwam.co.uk
Oddi wrth: carirhys@hotmail.com
Pwnc: YML: CARU CARI

Ditectif Saffi, darllen hwn!

Cliw. O'r diwedd …

Falle taw dim Gaz yw e, ond roedd e yn y gêm!

Cari

PWNC: Wps

At: katy@canolfanybryn.org.uk
Oddi wrth: carirhys@hotmail.com
Pwnc: Candi Fflos Brên

Helo Katzi

Gesa be! Dwi wedi rhoi cwpwl o strîcs porffor yn 'y ngwallt! Ma'r lliwie nawr yn ffrwydro dros y lle i gyd – fel tân gwyllt. Ma'n edrych yn ffab!

'Be haru ti, Cari?' Dwrdiodd Mam pan welodd hi fi. 'Ti'n dishgwl fel y gantores 'na ar y teli, *Aqua Pura* neu rwbeth … '

'Christina Aguilera, Mam!' medde fi'n siomedig. Ddim yn siŵr os odd hynna'n *compliment* neu beidio.

'Honna. Nyth brân! Ma dy wallt di fel nyth brân bob lliw. Ti'n dishgwl fel cwmwl o candi fflos!' Ac wedyn ath hi mlân a mlân a mlân hyd syrffed am beth fydde hwn a'r llall ac arall yn 'i weud.

Ond tyff. Dwi'n lico candi fflos. A ta beth, ma Gaz Tom yn meddwl bo fi'n 'ddewr iawn' am ddewis lliw sydd mor 'ddiddorol' a gwahanol i wallt brown boring pawb arall. Wedodd e 'na! Wel, *kind of* … 'Ti'n unigryw Cari.' Wedodd e. WIR YR!

A ma fe wedi madde i ni.

Roedd Saff a fi'n sefyll wrth y cownter colur yn siop y fferyllydd pan welon ni fe, yn loetran ar bwys yr adran stwff i spots.

Teimlais ias yn cripian ar hyd asgwrn 'y nghefen. Meddylies am 'i eirie cas, creulon ar y cae rygbi. Meddylies am y gobeithion gwag a'r ffolineb o feddwl – am eiliad hollol stiwpid – mai fe oedd Caru Cari. Meddylies am y sgert fer felen a'r pom-poms. Y pom-poms! Crinj. Crinj. Crinj …

'O naaaaaa!' sibrydes wrth Saffi. ''Sa i'n gyllu credu hyn. Edrych! Edrych pwy sy draw fan'na!'

'Be nawn ni?' medde Saffi gan afael yn 'y mraich i.

Rhythodd y ddwy ohonon ni arno'n gwyro i bigo hufen o'r cownter. *Aaaa … Shit!* Ma fe 'di'n gweld ni – ni wedi ca'l 'yn dal! *Shiiiit!*

Dwi'n troi ar fy sawdl. Ond mai'n rhy hwyr. Mae'r rycsach ar 'y 'nghefen yn bwrw rhes gyfan o boteli a photiau a jariau mêc-yp oddi ar y silff. Ma powdwr lliwgar a hylifau brown sticí yn tasgu trw'r awyr. *Crash! Bang!* Ac yn disgyn yn deilchion ar lawr. Pants. Bydd e wedi sylwi nawr.

'*Nice one*, Cari.' medde Saff wrth i'r ddwy ohonon ni blygu mewn panig i'n cwrcwd i godi'r pishys plastig o'r llawr. Ac i guddio. Cuddio a chochi a chrinjo. Eto.

Pesychiad nerfus.

'Ferched?'

Cododd Saffi a fi'n penne, yn disgwyl gweld rheolwr y siop yn gwyro'n flin droson ni. Ond yno, yn sefyll yn dalsyth a hynci mewn crys rygbi a phâr o jîns tynn, oedd Gaz Tom.

'Ferched … ro'n i'n meddwl mai chi … Dwi'n falch bo fi wedi bwrw mewn i chi.'

Rodd e'n gwenu.

'Be ti'n moyn?' medde fi'n ddiamynedd. 'Ti'n dod i roi llond ceg i ni am … '

'Fi jyst moyn gweud bo fi 'di madde i chi,' medde fe'n gyflym ac mor, mor nawddoglyd. 'Dwi wedi … wel, ma'r tîm wedi madde i chi am … am … eich sioe yn ystod y gêm rygbi y dydd o'r blân.'

'O!' medde fi'n swta reit.

'Nethon ni ennill y gêm, gyda llaw,' ychwanegodd.

'Ni'n gwbod, mwmiodd Saffi. 'Da iawn chi.'

Tawelwch anghyfforddus.

'Reit te, bant â fi i brynu … ' cyfeiriodd at yr hufen yn ei law. 'Does neb yn berffeth!'

Yna sylwodd ar y bocs o liw gwallt yn y fasged wrth 'y nhraed i.

'Dyna liw diddorol. Dewr,' chwarddodd. 'Ti'n unigryw on' dwyt ti, Cari Rhys?'

'Ferched!' llais rheolwraig y siop.

'O naaaaaa!'

Wedi tua hanner awr o ymddiheuro a begian, roedd Saff a fi yn McDonalds, yn yfed Diet Coke ac yn ail-fyw digwyddiade embarysing y bore.

''Na od,' medde Saffi, yn cyfeirio at ymddygiad rhyfedd Gaz Tom yn siop y fferyllydd. 'Pa hawl sy 'da fe i weud ei fod e'n *'madde i ni'*? Pwy ma fe'n medd—'

'Odd e jyst yn trio bod yn neis,' medde fi'n freuddwydiol, yn cofio'i frawddeg ola yn unig erbyn hyn. Yn cofio'r winc. Ooooo, y winc! 'Wedodd e bo fi'n unigryw, a bo fe'n lico lliw 'ngwallt i, ac ma Caru Cari yn … '

'Shyt yp, Cari! Jyst SHYT YP! Ma hynna jyst yn achosi trwbwl i ni.'

Pwdes a sugno ar y gwelltyn.

'Ble ma Mags heddi?' holodd Saffi wedyn, ar ôl cymryd cnoad arall o'r byrgyr. 'How-cym smo pethe embarysing fel hyn yn digwydd iddi hi?'

'Achos ma *hi, madam,* siŵr o fod bant gyda fe DYL-blincin-ishys,' medde fi'n goeglyd. 'Ma *hi, madam,* lot yn rhy aeddfed i fod fan hyn 'da ni, a siŵr o fod yn smoco ac yn neud drygs a cal secs neu rhwbeth.'

'Be ti'n feddwl?' holodd Saffi.

'Cym-on Saff, ma'n rhaid bo ti di sylwi. Ma hi'n 'yn gadel ni lawr drw'r amser dyddie ma, ma hi'n colli llwyth o ysgol, yn smoco fel simne … '

'*So what* Cari? Gad hi fod, myn. Ma hi mewn cariad. Fi'n meddwl bo fe'n itha swît … '

'Be … ' medde fi'n poeri fy Diet Coke dros bob man. ''Sa i'n meddwl bo ti g'llu galw'r berthynas sy 'da nhw'n *gariad*!'

'Pam?' holodd Saffi'n ddiniwed.

Ac mi wedes i wrthi. Mi wedes i wrthi am y parti. Mi wedes i wrthi am y pwyse roedd Dyl yn 'i roi ar Mags. Mi wedes i wrthi am yr ebost di-flewyn-ar-dafod nes i hala ati. Mi wedes i wrthi 'mod i'n meddwl bod Dylan yn cael DYL-anwad drwg ar ein ffrind. Mi wedes i wrthi 'mod i'n meddwl bod Mags wedi newid. Wedes i 'mod i'n meddwl ein bod ni'n ei cholli hi. Ei fod e'n ei dwyn hi oddi wrthon ni. Ac ro'n i'n teimlo mor grac.

'Ti jyst yn jelys.' Chwarddodd Saffi.

'Na … Na, fi ddim,' medde fi, tamed bach yn rhy amddiffynnol.

Ond dydw i ddim yn genfigennus. Ma 'da fi Caru Cari wedi'r cyfan.

Cx

At: carirhys@hotmail.com
Oddi wrth: tomos1990@yahoo.co.uk
Pwnc: Trychyneb!

Trychineb.

Damo. Damo. Damo. Ma rhwbeth ofnadw wedi digwydd! Trajedi!

Ma Spynci wedi ca'l ei ddiarddel o'r ysgol. Pnawn ma.

Ac ma'n rhaid, rhaid, RHAID i ni neud rhwbeth i'w helpu fe …

2.45pm: Gwers ddwetha'r dwrnod: Saesneg

Pawb yn cyfri'r eiliade ac yn aros yn eiddgar i'r gloch ganu. Ma Spynci'n bihafio'i hun (onest) ac yn siarad 'da rhai o ferched 9D am yr Ocsiwn Addewidion.

Daw cnoc cnoc cnoc ar y drws. Ysgrifenyddes y Doc. Ma golwg grac ar ei hwyneb –

'Hoffai'r Brifathrawes gael gair bach preifat gydag Ynyr David Williams, os gwelwch yn dda?' medde hi.

'Wwwwwwww … Spynci, be ti 'di neud nawr?' pryfociodd Gaz.

'So fi 'di neud dim byd am *change*. Ma hi probabli moyn rhoi *gold star* i fi. Ma hi'n lyfo fi!' medde Spynci'n fuddigoliaethus a dilyn yr ysgrifenyddes ar hyd y coridor.

Ond doedd Spynci ddim yn gwenu ar ôl y cyfarfod.

A gweud y gwir – a paid ti â gweud hyn 'tho neb
Cari Rhys – o'n i'n meddwl 'mod i'n gallu gweld
marcie dagre ar 'i foche fe. Roedd 'i lyged e'n goch
ac yn chwyddedig.

'Ti'n iawn, Spync?' medde fi.

'*Aye. Aye* fi'n iawn.' Sychodd 'i lygaid gyda llawes ei
grys.

'Ocê … os ti'n *gweud.*'

Distawrwydd llethol.

'Ma nhw wedi syspendo fi.'

'Beth?'

'*Aye* – am beintio graffiti tu fas i'r cantîn.' Siglodd 'i
ben. 'Ond dim fi … dim fi … '

'Nid ti nath?'

'Onestli Tom. Dim fi odd e. Nid tro ma. No wei. Fi 'di
bod yn rhy fishi gyda'r Ocsiwn.'

Ac ma fe wedi. Ma fe wedi gweithio fel lladd nadredd
ar y project ma. Biti lladd 'i hun.

'Fi 'di neud *loads* o ymdrech, ond be yw'r *point*,
Tom? Fi'n trio mor galed i neud rhwbeth neis,
rhwbeth i helpu Katz, ac wedyn ma un peth bach yn
hapyno yn yr ysgol a fi sy *still* yn ca'l y bai. Smo fe'n
ffêr!' medde fe, wedi danto.

A so fe *yn* deg, Cari. Ma Spync wedi rhoi shwd
gyment o ymdrech mewn i'r project ma i Katz.
Ty'mod bo fe wedi gofyn i Ffyncsta, band Blwyddyn

51

Wech i berfformo ar y noson? Ma fe wedi casglu addewidion wrth lot lot lot o bobol. Ma fe wedi gwitho mor mor galed! Ma fe 'di bod yn *legend*!

A ma 'da fi deimlad Cari, ma nid fe nath e'r tro ma. Dwi'n *siŵr* taw nid fe nath e. A nawr bydd e bant o'r ysgol am fis. Am rywbeth dyw e ddim hyd yn oed wedi neud. Dyw e ddim hyd yn oed yn ca'l dod i'r Ocsiwn! Mae'r peth mor annheg, Cari. Dwi mor grac!

Ma'n rhaid i ni berswadio Doc D i newid 'i meddwl. I adel i Spynci ddod i'r Ocsiwn! Ma'n RHAID!

Ymuna â fi Cari? Helpa fi!

Ti a fi yn erbyn y byd!

Tom

Gyda llaw …

Dyfala beth odd cynnwys y graffiti. Dyfala di beth oedd wedi cael ei sgrifennu fan'na ar wal y ffreutur!:

DWI'N CARU CARI.

At: carirhys@hotmail.com
Oddi wrth: katy@canolfanybryn.org.uk
Pwnc: Diagnosis

Dwi'n dod!

Ma'r doctoried wedi gweud 'mod i'n cael dod i'r Ocsiwn! Felly, os bydda i'n parhau i wella'n raddol bach yn ystod yr wythnos nesa ma, mi fydda 'i yna, gyda chi, ar y noson fawr. Hwrê!

Dyma'r newyddion gore dwi 'di ca'l ers oes pys – dwi'n mynd i gael cyfle i dreulio amser gyda'r criw unwaith 'to *ac* ma hyn hefyd yn brawf positif 'mod i wir yn dechre dod dros y salwch ma. O'r diwedd.

Dwi'n edrych mlân shwd shwd shwd gyment at y noson, Cari. Dwi'n edrych mlân at gal hyg mawr cynnes wrthoch chi gyd, a dwi'n ffili ffili aros i weld dy wallt amryliw gwallgo di am y tro cynta.

A gwell i fi'ch rhybuddio chi gyd 'fyd, Cari … falle gewch chi sioc pan welwch chi 'ngwallt i ar y noson. Neu fy *niffyg* gwallt i. Achos fel ti Caz, ma'n steil gwallt i'n hollol wahanol i pan weloch chi fi ddwetha … dos dim gwallt 'da fi o gwbwl.

Ers cwpwl o wythnose nawr, ers i'r drinieth newydd ddechre, ma pishys bach tene o wallt wedi bod yn cwmpo mas yn 'yn llaw i. Mwy a mwy bob dydd. Darn ar ôl darn yn cwmpo'n dawel mewn i nghôl. Bore ma dath cydynnau – cydynnau mawr trwchus, tew, cyfan, yn rhydd yng nghledr 'yn llaw yn y gawod. Mae'n hunlle, Cari. Dwi'n teimlo mor pathetic, achos 'sa i'n gyllu stopo crio. A nawr ma croen 'y mhen i'n dechre dangos trwy'r haen denau llwyd sydd ar ôl. Dwi'n edrych mor od, Cari. Mor rhyfedd. Dwi'n edrych mor *sâl*.

Moyn i chi gal gwbod,

Katz

At: **'Ni gyd'**
Oddi wrth: **carirhys@hotmail.com**
Pwnc: **Y Ffeithiau Moel**

Dwi jyst wedi derbyn ebost wrth Katz. Ac mae hi wedi fy ysbrydoli!

Fy 'addewid' neu fy 'adduned' cynta i ar gyfer yr Ocsiwn Addewidion:

Mi wna i, Cari Rhys, siafio 'mhen yn foel.

Fydd Mam ddim yn hapus! Ond tyff.

Cari Rhys

At: carirhys@hotmail.com
Oddi wrth: saffron@wigwam.co.uk
Pwnc: YML: Cari Rhys

Annwyl Saffi

Dwi'n mynd i LADD Cari Rhys.

Mae hi mor blentynnaidd! Yw e'n wir ei bod hi wedi gwuud 'tho ti am y parti? Yw hi? Yw hi? Ac yw e'n wir 'ch bod chi'ch dwy wedi bod yn siarad amdana i yn McDonalds? Bod Cari Rhys wedi bod yn cario clecs amdana i ac yn gweud pethe cas am Dylan tu ôl i 'nghefen i? Yw e'n wir Saffi?!!?!?

Odd un o ffrindie Dyl yn iste yn y bŵth drws nesa atoch chi ac mi nath e glywed y cyfan!

Ma 'da Cari Rhys geg fel ogof. Ma hi wastad yn gweud ac yn gwneud pethe yn 'i chyfer – heb ddala'i gwynt a meddwl yn gynta … Ma hi'n ymateb i bopeth ffwl-pelt ac yn y diwedd yn rhoi ei throed fawr ynddi!

Pa hawl sy 'da hi i siarad amdana i tu ôl i 'nghefen i fel hyn, Saffi? Pa hawl sy da *hi* i 'meirniadu i?

Achos o leia ma *da* fi sboner. O leia dwi'n *gallu* tynnu bachgen 17 oed sy'n gorjys, ac yn olygus, ac sy'n dwli arna i. Wedi'r cyfan, dyw hi ddim hyd yn oed wedi *snogo* bachgen!

O, dwi'n gwbod bod gyda hi rhyw gariad gwe-freiddiol ar hyn o bryd, y Mr Seibr hyn. Dwi'n gwbod bo fe, yn ôl Cari o leia, yn hala ebyst annwyl (*plentynnaidd* os wyt ti'n gofyn i fi …) ati hi. Dwi'n gwbod ei bod hi'n hollol siŵr 'i fod e *yn* bodoli ac yn i lico hi lot.

Dwi ddim ishe bod yn gas, ond DER MLÂN! Mae'n bryd i Cari dyfu lan! Wyt ti wir yn credu gair o hyn? Dwi ddim ishe bod yn gas, ond wyt ti *wir* yn meddwl bod y bachgen ma'n bodoli? Wyt ti *wir* yn meddwl taw nid Cari Rhys sy'n breuddwydio'r cwbwl? Neu mai jôc fawr gas yw'r cyfan?

Deffra Saff bach!

Mags

At: carirhys@hotmail.com
Oddi wrth: saffron@wigwam.co.uk
Pwnc: Iaics!

Iaics Cari. *Shit*. WPS-WPS-WPS-WPS! Smo fi'n geto compiwters O GWBL a nes i hala neges Mags i ti trw fistêêêêêêêêc. Iaics.

O'n i'n trio hala ebost i ti yn gweud bo fi'n meddwl bo fe'n cŵl bo ti'n mynd i siafio dy ben er mwyn Katz. Ma hynna hyd yn oed yn fwy dewr a diddorol ac unigryw na lliwio dy wallt bob lliw dan haul …

Ac yna, WPS, wasges i rywbeth a nath y cyfrifiadur rhyw sŵn od, a'r peth nesa o'n i'n gwbod odd ebost Mags ATO FI wedi diflannu ac wedi cael 'i hala

ATOT TI! Shshshshiiiiittttt! Wps. Sori.

Ond sortwch e mas, Caz. No wei – NO WEI – fi'n mynd i fod yn styc yn y canol rhyngoch chi.

Saffi

At: carirhys@hotmail.com
Oddi wrth: carucari@sgwarnog.com
Pwnc: **Adduned Cari Rhys**

Annwyl Cari

Dwi wedi clywed am dy 'adduned'.

A dwi moyn i ti wbod mod i'n dwli ar dy wallt, dwi'n dotio ar y lliwiau sy bron mor llachar â'th wên.

Ond dwi'n dwli hefyd ar y ffaith dy fod ti'n barod i aberthu rhwbeth sy mor bwysig i ti er mwyn codi calon a helpu dy ffrind gore.

Ti'n werth y byd Cari Rhys.

CCx

PWNC: Stico 'da'n gilydd

At: margaretjenkins@ymans.co.uk
Oddi wrth: carirhys@hotmail.com
Pwnc: Stico da'n gilydd?

Ffordd Cari o weud sori mewn llais bach pathetig:

Dwi'n flin, Mags, dwi'n meddwl bo fi wedi mynd dros ben llestri am y parti. Tamed bach bach baaaach. Dwi'n dychmygu parti rhemp, fel partis mewn fideos 18, lle ma pawb yn smoco ac yn llowcio cyffurie, ac yn neud pob math o bethe ych-a-fi i'w gilydd … Ac os *yw* e fel 'na, os wyt ti'n teimlo'n anghyfforddus *o gwbl*, ffonia fi'n syth, ocê, ac mi wna i ofyn i Dad ddod draw i hôl ti. Iawn? Ond os yw e'n gwd, yna shigla dy sicwins. Dawnsia i'r miwsig ffynci. Sipia cwpwl o Bacardi Breezers coch. Anwybydda merched sbeitlyd Blwyddyn 11. A ffonia neu ebostia fi fory gyda'r *goss* i gyd.

Hefyd, mmmm, falle bo fi wedi bod bach, bach, bach yn fyrbwyll. Pa hawl sda fi i feirniadu Dyl? 'Sa i di siarad 'da fe yn 'y myw! So alli di drefnu 'yn bod ni'n cwrdd gynted ag sy'n bosibl, plîs plîs?

Ac yn ola. Ydw, dwi *yn* genfigennus – ond nid ohono ti, ond ohono *fe*. Ma fe'n ca'l treulio bob awr o bob dydd yng nghwmni un o fy ffrindie gore yn y byd i gyd yn grwn. Ni wedi colli un ffrind gore, trwy salwch am y flwyddyn ddwetha ma, Mags, a 'sa i'n moyn colli ti 'fyd.

'Na pam fi'n moyn gweud sori.

Ond Mags – plîs gwêd sori nôl:

Smo' i'n genfigennus achos bo 'da ti gariad. Ti wir yn meddwl bo fi mor pathetig â 'na?

Ti'n rong x 1: dwi wedi snogo rhywun! Nes i snogo Spynci fel *dare* ar y bws ar y ffor adre o'r trip ysgol i Ddinbych-y-pysgod llynedd. Ti'n cofio!? Ych, odd 'da fe wefusau hallt ac anadl pysgod a *chips*.

Ti'n rong x 2: 'sa i'n gweud celwydd am Caru Cari, a dwi DDIM yn neud e lan. Mae e *yn* bodoli! Mae e *yn* lico fi! Dwi'n gwbod. A dwi'n mynd i brofi'r peth i ti – ac i bawb arall!

Cari ap Sori ap Rhys

At: carirhys@hotmail.com;
saffron@wigwam.co.uk
Oddi wrth: tomos1990@yahoo.co.uk
Pwnc: CYFRINACHOL:
Ymgyrch Safio Spynci

Cari Rhys a Saffron Smith

Dyma ddogfen gyfrinachol. Dylid ei dinistrio'n syth ar ôl i chi ddarllen ei chynnwys. (Wedi bod yn chware gormod o gêms rhyfel Playstation – sori!!!)

Yfory am 1.25 y prynhawn, rai munudau cyn diwedd amser cinio, bydd y Pencadfridog Tomos ap Dafydd yn cyfarfod â'r Is-Gapteniaid Saffron Smith a Cari Rhys wrth y cloc ar fur dwyreiniol neuadd yr ysgol.

Wedi iddynt gadarnhau manylion y cynllun hwn yn derfynnol, bydd yr Is-Gapten Saffron Smith yn cychwyn ar y gwaith o dynnu sylw ysgrifenyddes yr ysgol trwy jocan llewygu'n ddramatig yn y coridor y tu allan i'r dderbynfa.

Tra bod hyn yn digwydd bydd y Pencadfridog Tomos ap Dafydd a'r Is-Gapten Cari Rhys yn sleifio i mewn i swyddfa'r ysgrifenyddes. Byddant yn sbecian yn ofalus i wneud yn siŵr nad oes neb arall yn yr ystafell, ac yn dwyn yr allwedd i swyddfa'r Brifathrawes. Mae'r allwedd wedi'i leoli mewn blwch matsys yn nrôr ucha'r ddesg. (Diolch i Spynci am y cyngor – mae e'n amlwg wedi treulio lot gormod o amser yn aros yn swyddfa'r ysgrifenyddes …)

Byddant yn cerdded yn wyliadwrus at y drws, yn ei agor yn araf bach ac yn myned i mewn i'r ystafell. Byddant yn cloi'r drws o'u hôl, ac yn aros i'r gloch ganu.

Ac yna – bydd y brotest fawr yn dechre.

Y Pencadfridog Tomos ap Dafydd

At: **carirhys@hotmail.com**
Oddi wrth: **margaretjenkins@ymans.co.uk**
Pwnc: **Y *Goss* – i Gyd**

Helo calon,

Fe yfes i cwpwl o Bacardi Breezers – ac ro'n nhw'n itha neis ... Yfodd Dylan *lwyth* o JDs a Coke a benni lan yn chwydu dros lawr *en suite* ei rieni. Ac yn y bath ...

Ond heblaw am 'na odd e ddim yn barti gwyllt *o gwbl:* Doedd neb yn smygu dim byd, oni bai am fam-gu Dylan odd yn pwffian fel y boi tan iddi fynd i'w gwely'n syth ar ôl *Eastenders*. Roedd Dyl wedi 'anghofio' sôn wrtha i ei bod hi'n mynd i fod 'na – rhieni Dyl ddim yn ei drysto fe i edrych ar ôl y tŷ ar 'i ben 'i hunan, mae'n debyg.

Ffrindie Dyl oedd 'na'n benna, a ma nhw'n fwy diflas na ni, hyd yn oed. 'Na gyd nethon nhw odd iste rownd yn yfed, yn gwrando ar fiwsig *depressing* ac yn siarad am secs a drygs a mynd mas i glybio. Yna ethon nhw gytre, am 11.30, yn blant bach da.

Odd, roedd cwpwl o ferched Blwyddyn 11 'na, fel o'n i wedi dishgwl … ond gesa be? Roedden nhw'n hyfryd 'da fi. Yn wirioneddol garedig!

A ti'n gwbod pam? Roedden nhw 'di clywed ein bod ni gyd wedi bod wrthi'n trefnu digwyddiad i godi arian i Katz. Roedden nhw'n meddwl bod hynna mor neis. Roedden nhw'n mega mega cyffrous.

Mi dreulion nhw oes yn holi pob math o gwestiyne – am be yn union yw 'Ocsiwn Addewidion'? Faint o addewidion ry'n ni wedi'u casglu hyd yma? Fedren nhw gynnig rhai 'addewidion' erill i ni i'w gwerthu?

Ma nhw wir wir ishe dod – ma *pawb* ishe dod, Cari! Hon fydd noson fwya'r flwyddyn!

A dwi wedi ca'l syniad am be fydd fy 'addewid' i nawr 'fyd …

Odd merched Blwyddyn 11 yn mynd mlân a mlân am pa mor neis yw fy mêc-yp i, fy ffrog i, fy ngwallt i. Felly – a sa i'n gyllu aros – dwi'n mynd i gynnig rhoi 'mêc-ofyr' i'r person sy'n barod i dalu'r pris ucha amdano fe! Mêc-ofyr fel y rhai yn *Mizz* neu ar raglenni bore sâl o flân y teli. Syniad da?

Magi

At: **'Ni gyd'**

Oddi wrth: **carirhys@hotmail.com**

Pwnc: **Addewid Rhif 2**

Dwi wedi cal llond bol. Dwi'n ffed-yp. Dwi mofyn gwybod pwy yw Caru Caru! Dwi wedi cal digon o ddarllen rhwng llinelle, o drio dyfalu ac ymbalfalu am gliwie dwl. A dwi wedi cal syniad gwych! Brênwêf.

Dy-dy-ry:

Yn ogystal â siafio 'ngwallt bant yn yr Ocsiwn, dwi hefyd yn mynd i gynnig un addewid bach arall … (ma'n ocê i fi gynnig 2 'addewid' yw e bois?!?! Ma Spynci wedi cynnig neud tua miliwn o bethe'n barod?)

Felly, yr eitem arall bydda i'n ei werthu yn yr Ocsiwn Addewidion wythnos nesa yw:

'Cyfle i fynd ar ddêt, i ffreutur yr ysgol, gyda Cari Rhys. *All expenses paid.*'

AC os o's 'da Caru Cari unrhyw gyts o gwbl, yna fe fydd e'n sefyll ar 'i draed ac yn gwneud cynnig amdana i. Ac mi ffeindiwn ni gyd mas pwy yw e. Unwaith ac am byth!

Ma hi'n bryd i Caru Cari gyfadde'r gwir.

Cari

At: **carirhys@hotmail.com**
Oddi wrth: **Ynyr David Williams**
                     <y.d.w@virgin.net>
Pwnc: **Diolch**

Angels! Chi rili yn angels!

Ma Stileto newydd ffono fi. Ma nhw'n mynd i adel i fi ddod nôl i'r ysgol ddechre wythnos nesa … Ma nhw'n folon i fi ddod i'r Ocsiwn!

'Rydyn ni wedi ailystyried eich pennyd, Ynyr. Rydych chi'n fachgen lwcus iawn.'

Do'n i ddim yn gallu credu fe – 'Fi ddim yn bylifo fe, Miss? Pam?'

Ac fe wedodd hi bo 'da fi 'le i ddiolch i rai o fy ffrindie, a Tomos ap Dafydd yn benodol.' Ac fe ecsplenodd hi beth odd wedi digwydd!

1.27pm Ddoe

Doc D yn dod nôl i'r offis tamed bach yn gynnar (i gal smôc bach snîci) jyst cyn diwedd amser cino. Mae hi'n gweud helô wrth ei hysgrifenyddes. Ond 'sdim ateb. Mae hi'n rhoi pen hi rownd y drws i weud helô yn iawn. Ond 'so'r ysgrifenyddes 'na! Ac mae hi'n cael ffit pan mae'n gweld dau o ddisgyblion Blwyddyn 9 ar eu penlinie nhw'n ffidlan yn un o'r drôrs tu ôl i'r ddesg!

'Beth rych chi'ch dau'n meddwl ych chi'n neud?' ma hi'n gofyn.

'Yyyyy!' medde Tom a Cari – yn jwmpo mas o'u croen.

'Yyyy … aaa … Ni'n chwilio am … am … ' Cari'n ffili ffindo unrhyw ecsciws.

'Amdanoch chi.' medde Tomos yn ffast. 'Ydyn. Ymmm, licen i gael gair preifat 'da chi – ynglŷn â Spynci … ym, Ynyr … Davi—'

'Hmmm. Dilynwch fi te. 5 munud!' Ma hi'n agor drws ei offis, ac yn clympyti-clympo i'w sedd.

Ma Tom yn troi at Cari – 'Ma'n iawn Cari, ma 'da fi syniad. Cynllun Rhif Dau! Aros di fan hyn.'

Ac yna mewn â fe, ar i ben i hunan, i ffêso'r miwsic.

'Sa i'n gwbod be ddigwyddodd yn yr offis. 'Sa i'n siŵr be wedodd Tom wrthi hi. 'Sa i'n gwbod be nath e *neud* i confinso hi. Ond nath e weithio!

Achos fi'n dod nôl i'r ysgol (bŵ-blydi-hŵ) a fi'n cal dod i'r Ocsiwn (hwrê!).

Spynci

At: **'Ni gyd'**
Oddi wrth: **katy@canolfanybryn.org.uk**
Pwnc: **Ocsiwn Addewidion**

Annwyl blant,

Ysgrifennaf atoch ar ran Kathryn. Mãe hi yn ei gwely heddiw, yn rhy wan i godi ac ysgrifennu neges atoch ar hyn o bryd. Ond mae hi'n gofyn i fi ddweud helô fawr wrthoch chi i gyd.

I ddechrau, hoffwn i a Richard ddiolch yn fawr iawn i chi am eich caredigrwydd dros yr wythnose diwetha yma. Mae eich cefnogaeth a'ch ymroddiad, yn trefnu'r Ocsiwn, yn golygu lot fawr i Kathryn, ac i ninnau hefyd. Ma Katy wedi bod trwy uffern yn ddiweddar ond mae hi'n dal i wenu. Diolch i chi.

Yn anffodus, er gwaetha'r holl waith caled, bydd yn rhaid i Katy dorri ei hadduned i chi'r tro 'ma. Fydd hi ddim yn dod i'r Ocsiwn Addewidion.

Nid ei dewis hi yw hyn, mae ei salwch hi wedi gwaethygu'n sydyn iawn neithiwr ac mae'r doctoriaid yn gyndyn iddi adael ei gwely, heb sôn am adael yr ysbyty.

Plîs peidiwch â gadael i'r newydd hyn ddifetha'r noson. Mae'n rhaid i chi wneud yn siŵr bod y digwyddiad yn llawn o hwyl a sbri a chwerthin, er mwyn codi cymaint o arian ag sy'n bosibl at achos sy'n werth y byd i ni.

Diolch i chi gyd am bopeth,

Lucy a Dic

(Rhieni Katy)

O.N. Mae Mr Davies, yr arbenigwr, wedi dweud bod modd i ni wylio'r Ocsiwn yn fyw trwy'r gwe-gamera sy yn neuadd yr ysgol – felly bydd Katy yn meddwl amdanoch chi, ac yn gwylio pob eiliad. Pob lwc x.

PWNC: Yn fyw, o neuadd yr ysgol …

23 Mawrth, 19:00

Gwe-Gamera

Dwi'n gorwedd ar fy stumog, yn wynebu troed y gwely caled, mewn ward dawel yn yr ysbyty sy' wedi bod yn gartre i fi am y misoedd diwetha.

Ma 'mhenelinodd i'n gwasgu'n erbyn y matres, a dwi'n pwyso 'mhen yn 'y nwylo. Syllaf yn eiddgar ar sgrin y *laptop* o 'mlaen. Mae 'nghalon yn curo wrth i fi aros i'r sgrin llwyd droi'n fwrlwm o liw a sŵn a chyffro …

'Profi! Profi! Un, dau, tri … ' Wooooow! Mae Cari Rhys yn sgrech ar y sgrin – mae hi'n gwisgo *combats* pinc a fest top du ac mae ei gwallt yn tasgu o'i phen. Mae hi'n edrych i lygad y gwe-gamera, ac yn taro'i bys ar y lens.

'Chi'n siŵr, siŵr bod y *peth* ma'n gweithio, Mr Watson?' Tap tap tap.

'Ydy Cari, mae e'n gweithio'n bril.' medd Saffi'n ddiamynedd. 'Haia Katz!'

'Helô chi!' yn dawel wrthyf fy hunan, yn teimlo pwl o hiraeth yn gwasgu ym mherfedd 'yn stumog i.

Dwi ishe bod yno, gyda nhw.

'Saith o'r gloch. Neuadd yr Ysgol,' medde Cari i mewn i'r camera, fel cyflwynydd teledu. 'Ac ma gyda ni noson ecseiting iawn ar eich cyfer chi heno 'ma ... '

Ac mae hi'n troi lens y camera yn ara bach bach rownd yr ystafell fel bod modd i fi weld o gwmpas, yn union fel pe bawn i'n sefyll yno 'yn hunan ... WAW!

Dim neuadd 'yn ysgol ni yw honna!

Mae'n edrych mor mor mor wahanol i'r arfer. 'Sa i'n g'llu credu'n llyged!

Dim golau llachar o lampau neon, dim rhesi o seddi caled, dim paent yn pilio o'r muriau ... WAAAAW, mae'n edrych mwy fel llong ofod neu stiwdio *CD:UK* na neuadd ddiflas oer yr ysgol.

Mae rhubanne sgleiniog yn chwifio, fel llenni, dros y dryse. Ma baneri porffor a phinc yn hongian ar y walie, a balŵns arian wedi'u clymu at y trawstie yn y to. Mae'r prif oleuade llachar wedi cael 'u diffodd, ond mae stribedi o *fairy lights* wedi cael 'u gosod ar gefn y rhesi o seddi – ac ma'r goleadau'n dawnsio'n ysgafn i sŵn cerddoriaeth. Ar y llwyfan mae Ffyncsta yn strymian ar gitârs o flân poster enfawr, sy'n gorchuddio mur cefn y neuadd. Arno, mewn llythrenne graffiti (yn 'sgrifen Spynci) ma'r geiriau:

DERE NÔL CYN BO HIR KAZT

Mae e wedi sillafu 'yn enw i'n anghywir! Typical. Rhaid chwerthin. *Spynci!* Ond dwi'n teimlo lwmp yn 'y ngwddf run pryd, a llyncaf yn galed, er mwyn stopio'r dagre.

Mae Cari'n trosglwyddo'r camera i ddwylo gofalus Mr George Gorj: 'Sori Katz, rhaid i fi fynd nawr!' medde hi wrth y camera. 'Fi'n pasio'r *controls* drosodd i Mr Gorj … George … Sî iŵ sŵn bêbs!'

Ac ma Mr G yn dal yn y camera ac yn dringo lan ar ben cadair reit yng nghefen y neuadd. Ma hyn yn teimlo fel *Big Brother* a fi'n sbio ar bawb heb iddyn nhw sylwi …

Dwi'n sbecian ar y criw o ferched o Blwyddyn 11 yn sibrwd wrth ei gilydd yn y gornel … ar Gaz Tom a'r criw rygbi yn trafod cynllunie ar gyfer y gêm fawr wythnos nesa … dwi'n gweld llaw Mrs Evans cofrestru yn gafael ym mhen-ôl Mr Jones Ymarfer Corff … Oi! Dwi'n ych gweld chi Stileto – bihafiwch! … a, jiw, co pwy sy fan'na – Mam-gu a Tad-cu! So Mam-gu wedi gadel y tŷ ers 1986 … waaaaw, ma Mam-gu a Tad-cu wedi dod. 'Na ciwt! Ma pawb 'na … PAWB!

Ma'r neuadd yn orlawn. Ma pobol wedi gwasgu i'r rhesi a nawr ma'n rhaid i rai sefyll yn y cefen ger y camera neu iste ar silffoedd y ffenestri. Fel sardîns …

Ma hyn i gyd i fi. I FI?

Ac mae'r gerddoriaeth yn distewi.

Mae'r golau spot llachar yn cylchdroi o gwmpas y neuadd, ac yn disgyn ar y llwyfan.

Mae'r gynulleidfa'n dechre clapio'n eiddgar. Mae'r awyrgylch yn drydanol. Gallaf deimlo'r blêw mân ar fy mreichie'n codi. Gwefr. Wrth i Spynci gamu mlân at y meic!

SPYNCI!

Ac ma'n llyged bron â saethu mas o 'mhen. SPYNCI? Be ddddddiiiiiaaawwwl ma Spynci'n neud yn sefyll ar bwys y meic?

Ma Spynci'n pesychu. Ac yn dechre siarad …

'Ahem … ' Druan. Mae e'n wirioneddol nyrfys. Galla i weld 'i goese fe'n crynu o fyn hyn!

'Ahem … ' Pesychian eto – yn trio denu sylw'r gynulleidfa. Ma chwys yn diferu ar 'i dalcen. 'Boniddigions a Boneddigeswyr … ' medde fe'n sigledig. O naaaaaa! CRINJ! 'Ma'n pleser i fi ca'l welcymo chi gyd … ' Mae ambell aelod o'r gynulleidfa'n clapio'n anghyfforddus. 'Nid fi odd syposd i *presento*'r noson heno, ond ma … ' Mae e'n chwilio am y gair cywir. 'Ma *cock*-yp wedi digwydd … '

Galla i glywed rhai o'r rhieni yn tyt-tytian. Rhai o'r plant yn giglan. O na. O na na na na na na na. Crinjydi crinj. Dwi'n teimlo'n annifyr. Yn anghyfforddus. Dwi'n teimlo fel newid y sianel – dim ond nad ydw i'n gallu, achos nid rhaglen deledu embarysing, crinjaidd, anghyfforddus yw hon ond BYWYD GO IAWN. Shitshitshitshitshitshitshit. Ma'r blew ar gefn 'y ngwddw i'n codi nawr. Mega crinj.

Ond galla i glywed sŵn siffrwd o'r tu ôl i'r camera. Clywed pobol yn sibrwd ymysg ei gilydd. Clywed llais o'r tu allan i'r stafell yn gweiddi:

'Ynyr. STOP! Ma new … '

Ac ma pawb yn y gynulleidfa yn troi yn eu seddi, yn procio'i gilydd ac yn pwyntio at rywbeth wrth y fynedfa i'r neuadd.

Sŵn *'Wwwwwws!'* ac *'Aaaaaaas!'* syn wrth iddyn

nhw ddeall beth sy'n achosi'r helynt. Wrth iddyn nhw weld *pwy* sy'n tarfu ar y noson.

Achos mae cefen siapus merch mewn ffrog laes ddu yn dod i sefyll o flaen y camera. Mae ei gwallt yn donnau du at ei chanol ac mae cornel tatŵ secsi i'w weld o dan strapyn tynn ei ffrog. Hyd yn oed o'r fan hyn, hyd yn oed â'i chefen tuag ata i, galla i weld 'i bod hi'n dishgwl fel model. Yn *drop dead* gorjys.

Ac am eiliad dwi'n meddwl bod Mr Gorjys wedi cwmpo'n farw wrth 'i gweld hi! Achos mae e'n colli 'i falans ar y sedd … aaaaaaaa … a'r camera'n colli ffocws … a'r llun yn simsanu ar y sgrin.

'Sori Katz!' Sibryda i mewn i'r meic, wrth sychu'r stêm oddi ar y lens ac ail-ffocysu'r camera unwaith 'to.

Erbyn hyn mae'r ddynes ddieithr wedi cyrraedd y llwyfan. Wedi cymryd lle Spynci ger y meic. A dwi'n nabod yr wyneb yn iawn … hi? Ie! Samantha Jones – fy hoff actores yn y byd i gyyyyyd yn grwn! WAW!

'Diolch am y croeso!' meddai â'i dannedd gwyn yn disgleirio. 'Dwi'n flin iawn 'mod i'n hwyr, gyfeillion, ond roedd y cyfarwyddwr braidd yn ffyslyd ac rodd e'n mofyn i ni ail-saethu un olygfa … a … Wel, dwi yma nawr ac yn falch iawn o gael y cyfle i gymryd rhan mewn noson ar gyfer merch arbennig iawn.'

Ma 'nghalon i'n cyflymu. Mae hi – Samantha Jones – yn siarad amdana i. AMDANA I? Ma'r dagre bron â byrstio nawr …

Cân arall gan y band.

Môr o glapio eiddgar.

A'r Ocsiwn yn dechre'n iawn.

O'r diwedd.

Adduned gynta'r noson:

'Mae Miss Cari Rhys yn addunedu siafio'i phen yn foel, fan hyn heno, am y cynnig ucha.' medd Samantha yn ei llais melfed. 'Ma'r ferch ma'n fwy dewr na fi.' Chwardda wrth redeg 'i llaw trwy 'i gwallt llaes. 'Reit – y cynnig ucha amdani. A chofiwch ein bod ni yma i godi arian i achos da, gyfeillion! Felly twriwch yn ddwfn i'ch pocedi! Gewn ni ddechre ar … Ddwy bunt?'

Ma llaw Spync yn saethu i'r awyr. 'Fi! Fi Miss!'

'Dwy a hanner!' Lisa Hughes, Blwyddyn 11.

'Tri. Fi'n *bego* chi Miss!' Spync eto.

'Pedwar.' Lisa. Ma hyn fel gêm o ping-pong, gydag un yn gweiddi, y llall yn ateb nôl, un yn gweiddi eto …

'Pump.' Cynnigia Stileto'n ei llais gwichlyd.

'Ma 'na'n fwy na arian poced fi am flwyddyn Miss!' medde Spynci'n grac i gyd.

'Pump a hanner!' medde Lisa. 'Cynnig dwetha fi!'

'Chwech.' medde Steroids.

'Wwww Gareth, ych chi'n ddrwg!' medde Stileto'n fflyrtio 'da fe o flân pawb! 'Saith!'

Ma Stileto yn siglo'i phen ar Samantha, ac yn gwrthod mentro'n uwch eto.

'DEG!' Bloeddia rhywun o'r gynulleidfa.

'Deg!'

'MAM?!' Sgrechia Cari mewn sioc.

'DEG PUNT!' medd Mrs Rhys, yn chwifio papur degpunt yn wyllt uwch ei phen.

A nawr ma pawb yn mynd i hwylie! Y neuadd yn gyffro i gyd! Pawb yn dechre estyn i waelod eu waledi a'u handbags. Pawb ar bine, yn iste ar flaene'u seddi'n barod i neidio i'r awyr i neud cais am un eitem ar ôl y llall ...

Sws fawr wlyb oddi wrth y Doc – mei gooood, Dad-cu? Beth ych chi'n *neud*?

Sesiwn o hyfforddiant 'tennis' (tennis tafod) personol gan Steroids – Stileto. Sypreis sypreis.

Mêc-ofyr oddi wrth Mags – merched Blwyddyn 11 yn dadle ymysg ei gilydd, a Samantha ei hun yn rhoi cynnig o £5.00!

Gwersi Cymraeg ychwanegol gan Mr Gorjys – Cari Rhys, wrth gwrs.

Awr yn sgidie'r Doc, yn rheoli'r ysgol gyfan – Spynci, yn gwario'i sefings i gyd ... O, bydden i wedi hoffi mynd am honna!

'Ac ymlaen â ni nawr at yr adduned nesa ar y rhestr ... ' medde Samantha yn awdurdodol, yn siarsio'r gynulleidfa i ddistewi eto.

'*Wwwww!*' medde'r gynulleidfa yn awchu i glywed mwy.

'Ma'r ferch ifanc yma wedi gweithio'n galed iawn er mwyn sicrhau llwyddiant y noson. Yn wir, diolch i'w ebost sensitif a hyfryd hi dwi yma o gwbl. Rhowch gymeradwyaeth, os gwelwch yn dda foneddigion a boneddigesau, am yr eilwaith heno i ... *Miss Cari Rhys*!'

Ma pawb yn sgrechian ac gweiddi ac yn sefyll ar eu traed – 'We-hei! Cari! Cari! Cari!' Corws o glapio wrth i Cari ddringo i'r llwyfan unwaith eto.

'Diolch. Diolch i chi gyfeillion!' medde Samantha. 'Fel ro'n i'n sôn, mae'r ferch ma wedi bod yn gweithio'n galed iawn i sicrhau llwyddiant y noson. Mae hi'n amlwg fod Kathryn – neu Katz – yn golygu lot fawr i chi Cari … ' Mae'n gwthio'n meic o dan drwyn Cari.

'Ma hi'n meddwl y byd i ni Samantha.' medde Cari'n nodio'n frwdfrydig.

Galla i deimlo deigryn yn cronni yng nghornel 'yn llygad.

'Ac ma deryn bach wedi gweud wrtha i bod rhywun yn meddwl y byd ohonoch chi hefyd, Cari Rhys.' Ma'r gwrid yn lledu'n goch llachar dros ruddie Cari ac am unwaith, dyw hi ddim yn gwybod be i'w ddweud.

'Wel, nawr mae ganddo fe gyfle i brofi hynny – mlân â ni at yr eitem nesa ar y rhestr gyfeillion. Cyfle i fynd ar ddêt, i ffreutur yr ysgol, gyda Miss Cari Rhys!' Ma Cari'n cnoi ar ei gwefus yn nerfus.

'Oooooo, Cari! Be ti'n neud?' medde fi'n dawel wrth y sgrin. Dwi'n croesi 'mysedd, 'y mreichie, 'y nghoese. Yn croesi popeth sy 'da fi.

'Reit, beth amdani?' medde Samantha, yn trio annog rhywun i wneud cynnig.

Tawelwch. Tawelwch anghyffordus. Rhywun i ddweud *rhwbeth*! Rhywun i gynnig rhwbeth! DEWCH MLAN BOIS! Dwi'n cnoi blaen fy ewinedd. Ma Cari'n anadlu anadl fawr ddofn. Yn edrych tua'r nefoedd. Help! Ma'r distawrwydd yn annioddefol.

'Dwy bunt!' Bloeddia Mr Gorj o'r diwedd o'r tu ôl i'r camera.

Ochenaid o ryddhad. O leia mae rhyw ...

Yna daw llais arall o rhywle – 'Tair!' – Llais Rhys ap Seimllyd ap Siencyn! Galla i weld y consyrn, y pryder, ar wyneb Cari.

'Pedair!' medde Mr Gorjys eto.

'Pump!' meddai llais arall. Llais cyfarwydd. Gaz Tom!?

Ma Cari'n syllu'n gegrwth i'w gyfeiriad. Ife fe yw'r edmygwr cudd wedi'r cyfan? Ar ôl y sioe ar y maes rygbi a'r palafa yn y dre? Ife fe yw e? Ife fe yw Caru Cari?

'Saith!' medde Rhys ap Seimllyd ap Siencyn yn ddiamynedd.

'Wyth!' Gaz Tom.

Mae'r gynulleidfa'n curo'u dwylo ...

'Deg!' Llais Mr George Cymraeg, yn trio codi'r pris ...

'Deg punt, tri deg ceiniog!' medde Gaz Tom mewn panig.

'Un deg ... ' Mr Gorj.

'PYMTHEG.' medd Rhys ap Seimllyd ap Siencyn yn neidio i'w draed. 'PYMTHEG PUNT.' meddai a'i ddannedd yn sticio mas i bob cyfeiriad wrth iddo weiddi *'Haaa!'* yn sbeitlyd i gyfeiriad y bois rygbi.

Ma Gaz Tom yn siglo'i ben yn ddigalon ac yn troi nôl i eiste 'da gweddill y bois. Mae'n trio edrych yn cŵl – ond mae e'n hollol gytud.

Mr George yn codi ei law. Yn rhoi'r gorau iddi.

Dyna ni te. Dyna'r ornest fawr ar ben.

Mae Cari'n trio bod yn ddewr. Yn ceisio cuddio'i siom.

'Dyna ni felly! Dêt gyda Cari Rhys yn mynd i'r … i'r gŵr ifanc, yn yr … yyyy? Y yr … mmm … crys blodeuog, oren? Yn mynd i chi, syr, am BYMTHEG PUNT … '

Ma Rhys ap Seimllyd ap Siencyn yn chwifio'i ddwrn yn fuddigoliaethus ar Gaz Tom a'i griw. '*Yeeessss*!'

'Dyna ni te gyfeillion … UN … ' medde Samantha.

Tawelwch llethol.

Dwi'n cau fy llygaid yn dynn. Go on Gaz! Os mai ti yw Cari Caru yna cer, cer amdani! CODA!!!

'Dau … '

Neu Cari Caru os mai rhywun arall wyt ti, a dy fod ti wedi bod yn rhy swil i godi tan nawr … Plîs – nawr yw dy gyfle di!!! CER DI AMDANI!

Ac yna. O rywle yn y gynulleidfa.

'UGAIN.'

Ma pawb yn ceisio chwilio am y llais.

'Beth?' medd Samantha. 'Beth wedoch chi?'

'Mi wna i roi UGAIN punt i fynd ar ddêt gyda Cari Rhys,' medde'r llais unwaith eto. Llais addfwyn, tyner, bachgen ifanc.

Mae'r golau sbot yn cylchu dros yr ystafell. Pawb yn anesmwytho yn eu seddi ac yn edrych i gyfeiriad y bachgen.

Nid Gaz Tom yw e!

Nid Rhys ap Seimllyd ap Siencyn yw e!

Nid Mr Gorjys Cymraeg yw e!

Felly PWY ar y ddaear YW E?

Ma'r golau spot yn cylchu ac yn cylchu a'r gynulleidfa yn sbecian, trwy ei gilydd, i weld pwy sy'n siarad.

'Pwy ych chi? Beth yw'ch enw chi?' medde Samantha yn trio rhythu ato trwy'r dyrfa.

'Fi yw Caru Cari.' medde'r llais yn glir.

'Wwwwww!' medde pawb yn un côr.

'Ac mi roien i RWBETH i gal cyfadde hynna wrthot ti Cari Rhys.'

Ac ma'r gole spot yn stopio'n sydyn. Uwchben perchennog y llais.

Ar fachgen tal gyda gwallt hir, brown tywyll, yn hongian yn llipa dros ei lygaid glas. Ac mae Cari'n gwenu wrth weld y crys-T cyfarwydd a'r jîns mawr llydan.

Tomos ap Dafydd.

PWNC: PWY 'yn ni?
Mis yn ddiweddarach

At: samanthajones@asiantny.com
Oddi wrth: carirhys@hotmail.com
Pwnc: Diolch

Annwyl Samantha

Dim ond pwt o neges wrthon ni gyd i ddiolch yn fawr iawn iawn i chi eto am roi sypreis mor hyfryd i Katz ac am ddod i'r ysgol i gyflwyno ein noson Ocsiwn Addewidion.

Mae amser wedi hedfan ers hynny a byddwch yn falch o wybod bod fy mhen i nawr yn gwbl foel; bod Spynci wedi treulio awr fel Prifathro ar yr ysgol (ac wedi trio'n galed iawn i ddiarddel y Doc ...) a bod Stileto a Dad-cu Katz wedi joio eu sws fawr sopi lot, lot gormod ... *ychchchchch*! Byddwch chi hefyd yn falch o wybod fy mod i, Cari Rhys, yn dal yn mynd mas gyda Tomos ap Dafydd.

Ac ro'n i'n meddwl falle y bysech chi hefyd yn hoffi gwbod bod Katz ei hun wedi dod mewn i'r ysgol ddoe i moyn y siec eeeeeeeeeeeennnfawr ar ran y Ganolfan.

Ro'n i yn y gwasanaeth ysgol, a dyma Stileto yn gofyn i Spynci, Saffi, Mags, Tom a fi i fynd ar y llwyfan. Lan â ni, ddim yn gwbod beth i'w ddisgwyl, ac mi wedodd hi bod 'da hi sypreis hyfryd iawn ar ein cyfer ni …

Agorodd drws cefn y neuadd, a daeth Katz i mewn.

Gwthiodd Mr Gorj y gadair olwyn ar hyd y llwybr rhwng rhesi seddi'r disgyblion. Wrth iddi ddynesu aton ni, ro'n i'n gallu gweld ei bod hi wedi colli pwyse a bod bandana pinc wedi'i glymu rownd ei phen. Ond roedd gwên lydan fawr – gwên enfawr – ar ei hwyneb, gwên hyfryd ein Katz ni.

'Diolch!' meddai wrth i'r pump ohonon ni neidio lawr o'r llwyfan a rhoi cwtsh gynnes iddi, a gwasgu a gwasgu'n gilydd yn dynn dynn dynn, fan'na o flaen pawb yn yr holl ysgol.

Felly diolch i chi unwaith eto Samantha, am ein helpu ni i godi calon Katz.

Ma hi'n seren, ond rych chi'n un hefyd!

xxx

Cari a'r criw

At:	'Ni gyd'
Oddi wrth:	saffron@wigwam.co.uk
Pwnc:	Pwy oedden ni

Haia bêbs

Wwww! Fi'n lyfo lyfo lyfo hyn …

Ma'r holiadur ma nawr wedi bod rownd pob un ohonon ni … ac ma pawb wedi 'i ateb e o'r diwedd. Iei. Ni gyd nawr i *fod* yn un gadwyn o gariad, neu wel, *whatever* …

So, o'n i'n meddwl bydden i'n ebostio chi gyda atebion gore / mwya ffyni / mwya swîîîîîîîîîît pawb …

Saffron
Enw Llawn: Saffron Angelica Coriander Smith.
SNEB yn y BYD 'da enw mor sili â fi, ond nid fi ddewisodd e, so there!

Cari Rhys
Pryd a Gwedd: Gwallt cinci, lliw melyn naturiol (gyda bach o help gan L'Oreal) mewn bynshis ar dop 'y mhen. Dwi newydd roi *streaks* pinc llachar yn'o fe – ar yr ochre ac un yn y ffrinj. Edrych yn ded ffynci ond dyw Mam a Dad ddim yn gwerthfawrogi hyn. O gwbl. Ffab. Dyna'r holl bwynt!

Ond smo nhw'n gallu gweud dim nawr, 'yn nhw? Dy fam nath dy dalu *ti i siafo dy ben. Syrfo hi'n reit!*

Katz
Disgrifiwch eich ffrind gorau'n fras: Cari 'fy arwr'

Rhys – ebost bob dydd – BOB DYDD – am chwe mis cyfan. Ti yw'r seren, Cari Rhys.

Oocêêê ni'n cal yr hint! 'Na ddigon o lyfu tîn! Bydd pen moel Cari'n rhy fawr i ffito ar y bws ysgol fory!

Spynci
3 gair i ddisgrifio'ch hun: Hynci. Ffynci. Spynci. *COCI.*

Mags
Beth byddai'r 3 pheth byddech chi'n mynd gyda chi i ynys bellennig: Dylan, Dylan a mwy o Dylan.

Wel bylif it or not ma fe wedi para lot hirach na 17 diwrnod fel gweddill sboners Mags! Pryd ma'r briodas? Fi'n lot gwell bridesmaid na cheerleader!)

Tomos
Cyfrinach: Fi nath sgwennu'r graffiti ar wal y ffreutur. Fi odd ar fai. Sori Spync.

Wel ro'n i wedi geso 'na erbyn hyn, Tomos!

Felly, 'na fe – un gadwyn o gariad ac ma pawb yn gwbod popeth am ei gilydd!

Ie *right*! Tan tro nesa!

Saffi x

At: carirhys@hotmail.com
Oddi wrth: carucari@sgwarnog.com
Pwnc: Y Gair Ola

Dwi'n mynd i ddiflannu nawr Cari.

Er bo fi dal yn caru Cari lot lot lot – sdim ishe ebost fel hyn i weud 'na rhagor, o's e. 🙂

Ond cyn i Caru Cari ffarwelio am y tro ola, o'n i jest moyn gweud 'mod i wir wedi joio dy ebostio di, carirhys@hotmail.com.

Ta-ta ti,

CCx

Am wybodaeth am holl gyhoeddiadau'r Lolfa,
mynnwch gopi o'n Catalog newydd, neu
hwyliwch i mewn i'n gwefan:
www.ylolfa.com

*yl**Lolfa***

Talybont, Ceredigion SY24 5AP
e-bost ylolfa@ylolfa.com
gwefan www.ylolfa.com
ffôn +44 (0)1970 832 304
ffacs 832 782
isdn 832 813